中國語言文字研究輯刊

十四編

許錟輝 主編

第4冊

戰國秦系璽印研究

陳重亨 著

花木蘭文化事業有限公司

國家圖書館出版品預行編目資料

戰國秦系璽印研究／陳重亨 著 -- 初版 -- 新北市：花木蘭文化事業有限公司，2018〔民 107〕

目 2+214 面；21×29.7 公分

（中國語言文字研究輯刊 十四編：第 4 冊）

ISBN 978-986-485-266-6（精裝）

1. 古文字學 2. 古印 3. 研究考訂

802.08   107001292

ISBN-978-986-485-266-6

9 789864 852666

中國語言文字研究輯刊

十四編　　第 四 冊　　　　ISBN：978-986-485-266-6

戰國秦系璽印研究

作　　者　陳重亨

主　　編　許錟輝

總 編 輯　杜潔祥

副總編輯　楊嘉樂

編　　輯　許郁翎、王　筑　美術編輯　陳逸婷

出　　版　花木蘭文化事業有限公司

發 行 人　高小娟

聯絡地址　235 新北市中和區中安街七二號十三樓

　　　　　電話：02-2923-1455／傳眞：02-2923-1452

網　　址　http://www.huamulan.tw 信箱 hml810518@gmail.com

印　　刷　普羅文化出版廣告事業

初　　版　2018 年 3 月

全書字數　113371 字

定　　價　十四編 14 冊（精裝）　台幣 42,000 元

戰國秦系璽印研究

陳重亨 著

作者簡介

中文姓名：陳重亨

英文姓名：CHEN CHUNG-HENG

最高學歷

1. 國立台灣藝術大學造型藝術研究所中國書畫組畢業

2. 國立台灣藝術學院美術學系畢業

經歷

2012~2017 年　任國立台灣藝術大學書畫藝術學系兼任講師

2002~2015 年　任國立台灣藝術大學書畫藝術學系助教

2000~2002 年　任國立台灣藝術大學美術學系助教

1999~2000 年　任光仁中學美術班兼任教師

　　　　　　　任中原大學篆刻社指導教師

得獎榮譽

2008 年　國立台灣藝術大學 96 學年度「碩士學位優秀論文獎」

2000 年　桃城美展國畫類入選

　　　　　桃城美展書法類優選

1998 年　北區大專篆刻比賽入選

　　　　　師生美展篆刻第二名

　　　　　桃城美展書法類優選

1997 年　桃城美展書法類優選

　　　　　桃城美展國畫類優選

　　　　　師生美展篆刻第二名

1996 年　師生美展國畫入選

1995 年　獲系展篆刻類第一名

提　要

第一章　緒論

近幾年來因重大考古的陸續發現，學界的研究水準得以大爲提昇，終於能對秦系璽印與六國古鉨做進一步區分，但是對於秦系中的年代先後再加精密區分，則仍有困難，研究學者因此常將秦系璽印視爲單獨一個系統來論述，本文所論，大體是以此爲範圍，並希望對秦系璽印的印式概念與其藝術風格、表現形式作一分析探討。

第二章　秦系璽印相關文獻與資料探討

本章重點在分析歷代金石名家對古代璽印的認知，也對清季以前文人學者對「秦印」、「古鉨」認知的混亂，導致璽印斷代分域的錯認及誤判，爲當時明、清金石學家一般所認知秦系璽印做一系統的風格辨正，並分析秦印與東周六國古鉨的實際風格，以及東周諸系璽文字的用法及差異。

第三章　秦系璽印探眞

自明清以降，金石學倡盛，但是對秦印的研究以及秦封泥的認知，所錄多爲秦漢不分，其中亦不乏贗品，本章所論，是希望透過近年陸續新出考古出土的資料，以及秦系璽印風格特點和印式的考察，再透過秦國郡縣地理與秦系璽印關係分析、秦國官制與秦官印之驗證、秦系私印及秦朱文印探眞，做一通盤研究與分析，一窺秦系璽印的眞實面目。

第四章　秦印印式與字形研究

秦系文字的發展，主要承襲殷周古文，風格與戰國各系文字殊多差異，較之六國文字的雄健奔逸或奇正迭運均有所異，顯得較爲樸拙威嚴、整齊規矩。本章所論，主要針對秦印的印式特色與文字風格作一番探研，並對與秦印有承襲關係之西漢及東漢印作一比較分析，此外對於秦印文字字形隸化現象以及字形體勢的變異，亦根據現有的資料及研究報告，也作一系統的分析與研究。

第五章　古今傳承的秦印作品創作表現

本章以古今傳承的秦印作品創作表現，爲探討重點，一、爲秦系璽印的鈕式，秦官印多屬鼻紐與壇鈕兩類，秦私印則因屬非官印形制，印鈕樣式則較爲豐富多樣。二、爲秦印形式的風格，依其「婉通典雅」、「倚側交錯」、「古樸遒逸」、「方實厚重」、「斑爛天眞」、「輕捷婉轉」六大類做一風格析論。三、依據近代印人於秦印風格形式的創作，或有仿秦官印形制者，或有仿秦朱文私璽者，亦有更多印人取其秦印的特徵，或綜合漢印、碑帖或古封泥形式，融合貫通、參酌借用，轉化創作另一具有象徵秦風格的作品作一賞析。

第六章　結論與省思

秦系璽印在中國印章史上，有著傳承與延續的重大意義，研究與了解其眞實面貌，對於後世用印的制度與發展的影響，越能清晰其脈絡與轉變，對整個史觀的了解也就越清晰透徹，就其歷史的價值來說，印章的發展與豐富的史實緊密相連，璽印的研究具有補史、糾史與正史的功能，尤其是具關鍵發展時代的印制，利用璽印的研究，可探查部分史料未載或錯誤的職官制度，就已獲得相當大的學術成就。

目
次

第一章　緒　論

第一節　前　言

　　中國印章延綿數千年的發展，形成了自身獨特的藝術形式，具有相當重要的學術研究價值，在中國古代文獻中，對於璽印的源起，可追溯的時間很早，有一說在黃帝或堯舜時期便已有了璽印，在漢代讖緯書《春秋運斗樞》曾提到：

　　　　「舜爲天子，黃龍負圖封兩瑞，中有璽章，文曰：『天皇符璽』。」

　　又《春秋合誠圖》亦載：

　　　　「堯坐舟中與太尉舜臨觀，鳳凰負圖授堯，圖以赤玉爲匣，長三尺
　　　　八寸，厚三寸，黃玉檢，白玉繩，封兩端，其章曰：『天赤帝符璽』。」

　　　　〔註1〕

這些記載應是當時方術士所編造，並無出土實物可以佐證，應屬神話傳說，其說法是不能據信的。不過也有一說，認爲夏商周三代已經有璽印產生，在《逸周書・殷祝篇》中有載：

〔註1〕《春秋運斗樞》一卷，《春秋合誠圖》一卷，均爲魏宋均注。收在嚴一萍所輯「叢書精華第五期」之《黃氏逸書攷・通緯》中，台北藝文印書館景印，民國六十一年刊行。

「湯放桀而復薄，三千諸侯大會，湯取天子之璽，置之天子之坐左，
退而再拜，從諸侯之位。」〔註2〕

這文中提到，商湯放逐夏桀，取夏天子之璽，說明夏朝即有璽印了，但是這邊文字的記載應該是戰國時期以後，後人根據春秋戰國之間人們所使用璽印的情況，加以臆測所得的結果，因此說法尚不足為信。另西晉時期，司馬彪在其所著《後漢書・續志》中也有提到：

「嘗聞儒言，三皇無文，結繩以治，自五帝始有書契。至於三王，
俗化雕文，詐偽漸興，始有印璽以檢奸萌，然猶未有金玉銀銅之器
也。」〔註3〕

這段話雖然明白認為三代便有璽印，不過文中所言三王，為夏商周三王，年代前後相距千年，在學術研究領域上這樣的說法過於籠統，實難徵信於人。目前學界一般的認知，對古璽起源的探討主要有兩種較具代表性的看法，其一認為，璽印源起於春秋時期，而戰國時期已被廣泛且大量的使用，這主要是根據現行考古出土的璽印實物加上文獻上的記載資料，兩相驗証所得的結果，其中文獻的考證依據主要是根據《周禮》、《左傳》及《國語》三部史籍中對中國最早使用璽印的記載，在《周禮》中有談到"璽"和"璽節"，在其《地官・司市》有云：「凡通貨賄，以璽節出入之。」《地官・掌節》則謂：「貨賄用璽節。」《秋官・職金》中云：

「職金掌凡金玉錫石丹青之戒令，受其入征者，辨其物之媺惡，與
其數量，楬而璽之。」

《左傳・襄公二十九年》則說：

「（魯襄）公還，及方城，季武子取卞，使公冶問，璽書追而與之。」

同樣的《國語・魯語下》也提及相同的一段話：

「襄公在楚，季武子取卞，使季冶逆，追而予之璽書。」〔註4〕

〔註2〕 晉孔晁注《逸周書》十卷。收在「筆記小說大觀三編一百二十三種」之中，台北新
興書局景印，民國六十三年刊行。

〔註3〕 《後漢書・續志》志第九・祭祀下。

〔註4〕 韋昭注：「璽，印也，古者大夫之印亦稱璽。璽書，璽封書也。」

「璽書」就是用璽印按壓封泥封緘的書文，文中所言的魯襄公二十九年，西歷則為公元前 544 年，該時期正為春秋中期，由上述文字所論結果，可知使用璽印的情況在春秋時期應該是已經出現了。

其次，學界另外還有一種看法，就是認為中國璽印起源自商代。這主要是依據 1940 年于省吾先生所出版《雙劍誃古器物圖錄》中收錄的三方商代銅璽，此三方印據說是 30 年代出土於安陽殷墟，民國二十四年由北京古董商人黃濬（伯川）購得，並收錄在《鄴中片羽》初集之中，之後殷商甲骨史學家胡厚宣先生有轉載于《殷墟發掘》文中，此三璽形制為田字格「奇字璽」（圖 1-1）「亞禽璽」（圖 1-2）跟「囗甲璽」（圖 1-3），其中「奇字璽」、「亞禽璽」二方印現藏台北故宮博物院。1987 年 7 月《故宮歷代銅印特展圖錄》即曾展刊印，張光遠〈商代晚期兩枚銅印考〉曾詳加考證，不同意王人聰的鑄造銅器銘文的「字模說」，判定該二印是為晚商的銅印無疑。但是將「囗甲璽」排除在外。〔註 5〕1989 年裘錫圭教授在〈淺談璽印文字的研究〉文中，明確指出「亞禽璽」與殷墟出土的銅器上族徽銘文極為相近，都是帶「亞」字框的族氏〔註 6〕，因此學者一般都認為是屬同一時期的遺物。後來李學勤先生考訂天津藝術博物館館藏青銅酒器「斝」，與「亞」字璽為同一人之物〔註 7〕，以及其他商代銅器銘文後，確認其中兩件應為商末銅璽無疑。

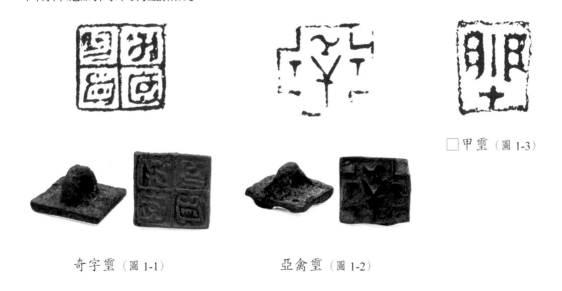

囗甲璽（圖 1-3）

奇字璽（圖 1-1）　　　　亞禽璽（圖 1-2）

〔註 5〕張光遠〈商代晚期兩枚銅印考〉，11～44 頁，《故宮歷代銅印特展圖錄》。

〔註 6〕裘錫圭〈淺談璽印文字的研究〉，《中國文物報》1989 年 1 月 20 日。

〔註 7〕李學勤〈中國璽印的起源〉，《中國文物報》1992 年 7 月 26 日。

　　不過也有學者持懷疑態度，王人聰先生就以爲〔註8〕，探討中國印章的起源，首先就必須對璽印的性質有正確清楚的認知，他以爲，璽印產生的社會歷史條件，是西周晚期宗法制度衰敗，地方諸侯專權以及官僚制度逐漸形成，君臣之間需要一種信物以爲憑證，來強化其從屬之間的關係，同時也作爲區別官吏的身份及行使職權的依據，因此，他與羅福頤先生在其《印章概述》中就認爲〔註9〕，在西周時期，宗法制度並未破壞，因此尚不需璽印來作爲君臣之間的憑證，所謂的商璽，或只是古代鑄銅器銘文時的母範，未必是璽印。另外裘錫圭先生雖認爲三璽之中「亞」字璽是商代遺物，但是認爲其中三璽中的田字格「奇字璽」與戰國巴蜀璽印類似，應不是商代遺物，因此對此璽採否定態度，認爲不是商代璽印。〔註10〕

　　目前我們所蒐集可見的資料，可以明確斷定年代的璽印實物，大部份是屬於戰國時期遺物，西周仍未得獲見，而春秋這一段時期的璽印實物卻極爲罕見，從春秋末期到戰國時期所發現的璽印，大都爲是中原以東六國之物，且璽印形制及印面文字繁雜多樣，其發展來源可能承襲自西周，不過六國所處位置相近，相互交流影響，後來各自發展出獨特的地域性風格。反觀西土秦國，印制或出自西周，然地處西北，獨立發展之後，或許保留較多因襲的風貌，加上秦是法治國家，印制多有規律法度，其風格上較爲統一。然而，對於先秦古璽的辨識和確定其時代，是從清朝以降至民國初年這一階段方才逐步形成。近幾年來因重大考古的陸續發現，學界的研究水準得以大爲提昇，對於六國古鉥的楚系、齊系、燕系、三晉系，以及秦系，終於能做進一步區分。

　　但是，對於秦系中的年代先後再加精密區分，則仍有困難。學界通常在論及此類印時常謂「秦代印或戰國秦印」、「秦至漢初印」或「秦或漢初印」，因此研究學者常將秦系璽印視爲單獨一個系統來論述，並與六國四系古鉥做一對照研究。現在一般所認知的「秦印」，精確的說應稱爲「秦系璽印」，除統一六國的秦代外，一般還上朔戰國末期的秦國，下至漢初。本文所論，大體是以此爲範圍，並希望對秦系璽印的印式概念與其藝術風格、表現形式作一分析探討。

─────────────

〔註8〕　王人聰〈後記〉，刊《香港中文大學文物館藏印集》，1980年。

〔註9〕　羅福頤《印章概述》，1989年9月，香港中華書局刊印。

〔註10〕　裘錫圭〈淺談璽印文字的研究〉，《中國文物報》1989年1月20日。

第二節　研究動機與目的

　　古璽這一門學問，從清朝以降至民國初年這一階段才逐步成，而歷來大多數的集古印譜以及印學研究者，對於古璽的印式概念，並不是十分了解，尤其對「秦印」的認知，更常與六國古鉥混爲一談，故常以「周秦」統稱。近幾年來學界的研究水準因重大考古的陸續發現得以大爲提昇，對於六國古鉥的楚系、齊系、燕系、三晉系，以及秦系，終於能做進一步區分。但是，秦系中的年代先後精密區分，則仍有困難。學界通常在論及此類印時常謂「秦代印或戰國秦印」、「秦至漢初印」或「秦或漢初印」。近年來有關秦印的考古挖掘研究史料陸續出土，相關的論文研究報告也陸續刊行，現在一般所認知的「秦印」，除第一個君主集權的秦代外，一般還上朔戰國末期的秦國，下至漢初，此是因秦代璽印延續戰國秦印風格，而漢初仍襲秦官制印風。本文所論，大體是以此爲範圍，並希望對秦系璽印的印式概念與其藝術風格、表現形式作一分析探討。

　　印章的起源，最早或可追溯到陶文及商璽（公元前十六世紀）。行於戰國時，均稱 「璽」或「鉥」，爲當時人們昭明信用時的憑證，漢應劭《漢官儀》中說：

　　　「"璽"，施也，信也。古者尊卑共用之。」〔註11〕

其印制不定，大小不一，多爲官印，亦有私印，製作古樸，多爲鼻鈕，亦有瓦鈕、橋鈕、覆斗、等，古璽的文字爲籀文及六國古文。至秦始皇統一天下後，明定印制，天子以美玉作璽，臣民改稱印，漢衛宏《漢舊儀》中曾言：

　　　「秦以前民皆配綬，以金、玉、銀、銅、犀、象爲方寸璽，各服所

　　　好。自秦以來〔註12〕，天子獨稱璽，又以玉，群臣莫敢用也。」

從上所述，可以了解古璽對中國篆刻藝術的發展及其影響有多深遠，歷代篆刻名家不乏從古璽著手而至大成者，後世官印形制演變也多從秦官印延續轉化而來。本研究將探討戰國古璽中秦系璽印與六國古鉥之風格異同與影響，以及歷代名家仿「秦印」印式之創作風格的辨正。

〔註11〕 《漢官儀》二卷、《漢舊儀》二卷，均據孫星衍校集本，均收在王雲五輯「叢書集成簡編一千零三十二種」之中，台北台灣商務印書館依《平津館叢書》本所排印，民國五十四年刊行。

〔註12〕 通行本作"漢以來"，今據蔡邕《獨斷・上》所引更正。

　　六國鈢印，雖然各系文字形體上略有差異，不過終歸屬於大篆的體系，它與後來秦漢“摹印體”最大的區別在於秦系璽印文字線條多直豎平橫，六國古鈢則多曲線轉折，儘管秦系璽印跟戰國各系古鈢主要都是以四周直線的方框爲基本造形，但是印面文字與邊欄所構成的卻有極不相同的逸趣，六國古鈢顯現的是奇險恣縱的體式，而秦璽最大的特點在於印式所呈現出莊重嚴謹，規矩而有法度，後世人們也因此以秦漢璽印爲宗，更希望以此爲標地爲篆刻創作的表現形式上企圖呈現一股儒雅的爛漫氣息。

　　本研究的主要目的有：

1、探查古代璽印文獻資料及印學論述，分析歷代金石名家對秦印的認知，了解明清印人秦印創作風格認知辨正，以及古鈢分域和用字析探。

2、究明秦系璽印印式風格及形制，透過郡縣地理、秦官制度及秦印文字用法，官印、私璽及朱文秦印考述，確認秦系璽印眞實面目。

3、解析秦印文字字形構形，秦印文字隸化現象析探及字形體勢的變異考察。

4、賞讀古今秦印作品的創作傳承表現，分析研究秦印作品特質，以及近現代秦印篆刻創作作品賞析。

5、了解秦系璽印的藝術價值與時代傳承意義，進而對後世創作承續的影響。

第三節　範圍與限制

　　本文研究的主要範圍，包含秦印相關文獻與資料的探討、秦系璽印探眞、秦印印式與字形研究以及古今傳承的秦印作品創作表現四大部分，其中秦印相關文獻與資料的探討主要針對中國歷代印學論述、秦印相關歷史文獻的分析研究，對秦印與其他系統古鈢，以及後世秦印認知，做一初步概述與辨正；秦系璽印探眞則是對考古出土史料、秦國官制與秦官印、秦國郡縣地理與秦系璽印關係以及秦官、私印的考述，了解秦系璽印實際風貌，做一統合分析研究；至於秦印印式與字形研究，旨在分析其印式特色和文字風格，進而探討其文字隸化及字形體勢的變異，以了解秦印印式風格及文字的發展演變，進而對後世印章形式的影響；古今傳承的秦印作品創作表現，則著眼於印鈕形制的分析、古代秦印作品賞析和近代名家秦印風格篆刻作品的創作藝術風格賞評，最後對其

秦系璽印的時代意義與藝術價值以及對後世的影響與實踐經驗做一綜合論述、省思。

　　而秦系璽印研究最大困難之一，在於秦代國祚甚短，因此在研究秦印上，較難明確有效作一斷代，因爲就算是在秦代 15 年期間（公元前 221 年～前 207 年）的墓葬出土璽印，其主人亦可能是生活於戰國時期，印章製作可能在戰國時期即已製作，是戰國時期的秦印。1982 年至 1986 年山西朔縣考古發掘西漢初期墓葬出土文物，其中「王齊」(圖 1-4)「䚅渝」(圖 1-4) 兩印，其形制爲三晉系古鈐朱文印，可見西漢初期使用前朝印者尚多有人在，或可說明此一情況。

王齊（圖 1-4）

䚅渝（圖 1-5）

　　爾後秦被漢滅，大亂初定，百廢待舉，一切法度皆延襲秦代制度，因此雖說是漢代制作之璽印，在初期仍爲以秦制治印，因此從形制上去判讀，是有相當大的困難度，特別是私印更難以區別，若要強加分別，或可藉由治印風格上判定，透過出土量器上的銘文紀年對照排比，知秦璽率意圓轉，佈局自然，線條秀麗，而漢印字體方直，佈局工整，線條厚實，但是作爲秦漢之分也絕非定制。

　　再者，就現今流傳所謂「田字格」或「日字格」官璽，由於此類考古發掘的實物品種及類別並不多，要逐一深入作一辨別，實需更多佐證，像是透過現存秦刻石、簡牘、瓦書、瓦志、兵器、銅器、權量及虎符等來認定，羅福頤先生就曾言：

　　　「今日我們辨認秦印的標準是依據秦權量上的文字書法來斷定的，

　　　秦書法是有自然形成，不拘一格的風趣」〔註13〕。

而就目前來說，對秦印的判別若無職官名、地名的時代變動史料依據時，也僅僅能以此爲主要研究根據。

───────────────

〔註13〕羅福頤：《古璽印概論》頁 48，文物出版社，1981 年。

　　所以在考古學上的認知，通常秦璽年代的斷定，並不硬性劃分爲戰國秦印、秦代秦印，也無法將之納入戰國古鉨之中，因爲文字上始終是與六國有明顯差異，否則將否定了秦文字的存再與發展，更何況漢初仍沿用秦印作風，因此，談論秦印，一般也只能以較爲廣泛的範圍來包覆，稱爲「秦系璽印」，也就是上朔戰國末期的秦國，下至沿襲秦官制印風的漢初，作爲研究秦印的範疇，也正如此，考證上是需多所琢磨推敲的。

第四節　研究方法與架構

一、研究方法

　　本論文的研究方法，主要採用的方法是「文本分析法」與「比較分析法」，在質化的研究中，採用此兩種方法，可以對戰國秦漢古代璽印有更深一層含意的探討。對於秦系璽印的特色與價值，也能有進一步的釐清。

　　「文本分析」對於本研究的幫助，一方面可探究歷代記載古代璽印相關理論及其價值性，利用分析文獻，也可以提供秦印風貌更確切的認知，分析古今學者對古代璽印的評論及看法，然後歸納主要的論述觀點，明白多數取向，進而從中獲取整體論文焦距。另一方面，則可藉由此方法也能了解從古至今歷朝歷代對秦印的了解程度，得知整個時代對秦系璽印的看法以及藝術創作的影響與演變，進而確立其在中國印章藝術史上的定位，而當我們考證研究古璽時，也將更確切、更準確的論及藝術層面上的價值，並獲得全面性的比較，慢慢釐清一些不需要的雜音，只針對論文主體的內容作判斷。

　　「比較分析法」主要在於彌補探究文本時的不足，因爲只探究文本時容易流於形式化的探討，「文本分析」是比較直接的涉及整體內容的理論因由，而「比較分析」則加進了歷史背景跟社會文化脈絡，藉由秦系、三晉系、燕系、齊系及楚系六國文字、地域及官制各有局部性差異的比較分析，讓我們理解當時各國文化上的變異，進而解除研究時受到的限制。對於秦系璽印的文字發展變異考察以及形制特點、風格析探，亦可藉由系統性的比較，使我們更能切入藝術探究的主題，這樣的方法雖然比較偏向「量化的分析」，但結合文本的部分，則更能提供確切有利的論點。

　　在研究的基礎架構上，除第一章緒論、第五章結論外，第二章主要透過歷史文獻探討以及歷朝歷代金石篆刻學家對秦印事實面貌的辨正等方向切入，作一深入了解研究，第三章則對古代秦系璽印作一系統性歸納，企圖了解秦印真實風貌，第四章主要針對秦系璽印藝術特質及明清及近代篆刻家創作「秦印」風格的作品為討論主軸，作一比較分析。

二、研究架構

　　本研究之重點內容與相互關連要點，以圖表示其架構如下：

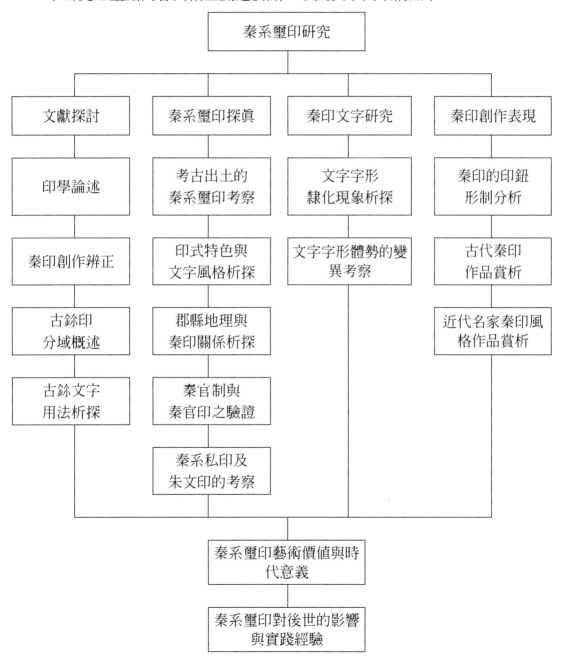

三、主要引用資料分析

　　國內對秦系璽印的研究資料並不多見，主要資料大多來自於大陸相關史料及期刊論文，且資料內容針對多屬古璽或戰國文字等通論相關資料，秦印專論都屬其中一部分，現將目前收集的秦璽印相關資料，列舉說明如下。

（一）印譜

1、《戰國璽印分域編》莊新興編，上海書畫出版社，2001 年 10 月 1 版。

2、《古璽文編》羅福頤編，文物出版社，1981 年 10 月 1 版。

3、《秦封泥集》周曉陸、路東之編著，三秦出版社，2000 年 5 月 1 版。

4、《新出土秦代封泥印集》傅嘉儀編著，西泠印社出版，2002 年 10 月出版。

5、《珍秦齋藏印》臨時澳門市政局/文化暨康體部製作出版，2000 年 4 月出版。

6、《珍秦齋古印展》臨時澳門市政局/文化康樂部製作出版，1993 年 3 月出版。

7、《古璽印菁華》許雄志 編，河南美術出版社，2006 年 7 月 1 版。

8、《中國歷代璽印藝術》王人聰、游學華編，浙江省博物館 香港中文大學文物館，2000 年初版。

9、《秦代印風》許雄志主編，重慶出版社，1999 年 12 月 1 版。

10、《先秦印風》徐暢主編，重慶出版社，1999 年 12 月 1 版。

11、《中華五千年文物集刊璽印篇》中華五千年文物集刊編輯委員會編，中華五千年文物集刊編輯委員會，1985 年 5 月 1 版。

12、《中國古璽印精選》菅原石廬編，大阪書籍株式會社，2004 年 8 月 1 版。

13、《中國璽印篆刻全集 1-4 冊》錦繡出版社，1999 年 12 月 1 版。

14、《中國書法全集 92-先秦璽印》榮寶齋出版社，2003 年 2 月 1 版。

15、《中國古代封泥》孫慰祖著，上海人民出版社，2002 年 12 月 1 版。

（二）研究專著

1、《古璽通論》曹錦炎著，上海書畫出版社，1995 年 3 月 1 版，內文分上、下編，上編一至五章，介紹古璽與古璽文字，下編六至十章，介紹官璽分國考述。

2、《戰國文字編》湯餘惠主編，賴炳偉副編，2001 年 12 月 1 版，福建人民出版社，本書以收戰國時期文字爲主，主體由正編、合文、附錄三部分組成。正編按照〈說文解字〉一書順序排列，合文部份專收合書字例，附錄部分收錄構形不明，難以隸定的字，以待研究考索，該書採用資料截止於 2000 年。

3、《戰國璽印分域編》莊新興編，上海書畫出版社，2001 年 10 月 1 版，該書所收之璽印皆爲戰國之物，所錄璽印，既有諸譜錄所載者，也有近世出土者，部份尚屬首次發表，依燕系、齊系、楚系、三晉系及秦系按地域關係分類編排，惟印文過於殘破而不可辨形者不收是其缺點。

4、《戰國古文字典》何琳儀著，中華書局出版，1998 月 9 月 1 版，本書捨棄傳統〈說文〉部首編排形式，採用較罕見的上古音系編排法，與清金石學家所述上古音系典籍的年代可說並行不悖，較利字根的探索，惟檢索較爲不便是其缺點。

5、《古璽印與古璽印鑑定》葉其峰著，文物出版社，1997 年 10 月 1 版，內文包含歷代官印及其基本特徵，僞官印類型與辨識，並於第二章詳述戰國秦漢姓名印、吉語箴言印及肖行印，在附錄一、二中更有戰國官璽的國別及成語璽析義。

6、《歷代印學論文選》韓天衡編訂，上、下冊，西泠印社出版，杭州 1999 年 8 月 1 版，收錄歷代名家印學文字，上自李唐，下逮民國，毋論主張相悖，流派迴殊，一概收錄。次爲印學論著、印譜序記、印章款識、論印詩詞四編。

7、《西泠印社國際印學研討會論文集》西泠印社出版，1999 年 7 月 1 版，內文印學史論一章中 23～41 頁，〈戰國各國私印初分—中國印章史之一節〉劉江撰稿，42～54 頁〈關於秦印的一些問題〉許雄志撰稿，對於古璽及秦印皆有一些論述及研究。

8、《古璽文編》羅福頤編，文物出版社，1981 年 10 月 1 版，收錄北京故宮博物院所藏古璽字集，與傳世印譜著錄之古璽印字集，爲羅氏另一著作《古璽彙編》的文字校注。

9、《古璽彙編》羅福頤，北京文物出版社 1981 年 12 月 1 版，收錄北京故宮博物院所藏古璽，與傳世印譜著錄之古璽印，編排按〈說文解字〉一書順序排列，璽印文字以同文異體為主，收錄官印、姓氏吉語印等。

10、《印章藝術》林文彥編著，屏東縣立文化中心，1998 年 5 月 1 版，內容以中國印章發展為主，並就近年新出土資料做大幅的修正、增補。

11、《秦封泥集》周曉陸、路東之編著，三秦出版社，2000 年 5 月 1 版，本書秦封泥為主，範圍廣泛，是收錄秦封泥大成者，於秦官名、秦郡縣考訂有極大幫助。

12、《中國古代封泥》孫慰祖著，上海人民出版社，2002 年 12 月 1 版，本書為上海博物館收藏古代封泥，數量總數達一千多枚，時代序列齊全，品類形成系統，原始初土地域覆蓋面廣是其特色。

13、《古璽印與古文字論集》王人聰著，香港中文大學文物館，2000 出版，內文收集王人聰先生所發表古璽印與古文字相關文章，計 60 篇，包含秦官印考述、鄉印考、戰國璽印考述等。

14、《秦印文字彙編》許志雄主編，河南美術出版社，2001 年 9 月出版，本書以秦印文字為輯錄對象，包括印章、封泥、印匋，除典型秦印外，上延戰國秦系印章，下限至西漢初年的秦式印章。

15、《秦系文字研究——從漢字史的角度考察》陳昭容著，中央研究院歷史語言研究所，2004 出版，本書以現有傳世及新出土秦文字資料文根本，以材料信實的基礎上，對春秋、戰國、秦漢之交漢字的演變歷史，作縱向的論述。

16、《秦文字集證》王輝、程華學撰，藝文印書館 1999 年出版，本書共收銅器銘文 53 件，官、私、成語印及封泥 784 枚，每對資料皆列出其出土、著錄、器形、銘文、飾文、行款等情況。對其文字、時代、史料價值多有詳細考釋。

17、《古璽印通論》葉其峰著，紫禁城出版社，2003 年 9 月 1 版，內文分上、中、下編，上編一至四章，介紹古璽，中編五至九章，介紹秦漢魏晉南北朝印章、下編十至十三章，介紹隋唐至明清印章。

18、《新出土秦代封泥印集》傅嘉儀編著，西泠印社出版，2002 年 10 月出版，本書所輯封泥資料主要以西安中國書法藝術博物館收藏，西安北郊相家巷村出土秦代封泥爲主要資料，並附錄相關資料。

19、《珍秦齋藏印》臨時澳門市政局/文化暨康體部製作出版，2000 年 4 月出版，本書所輯秦印資料主要是印證蕭春源先生對秦印經年收藏及研究心得，詳文分類剖析秦印特點，精細入微。

20、《珍秦齋古印展》臨時澳門市政局/文化康樂部製作出版，1993 年 3 月出版，本書所輯爲蕭春源先生所收藏 200 方早期稀有的戰國、秦、漢璽印，其中包括官璽、私印、肖形印及吉語印等。

21、《可齋論印新稿》孫慰祖著，上海辭書出版社出版，2003 年 3 月一版，內文包涵孫慰祖先生所研究發表相關古璽印論述，包含古璽印的來源與文字、形制演變，戰國秦漢璽印雜識等。

22、《可齋論印三集》孫慰祖著，上海辭書出版社出版，2007 年 8 月一版，內文包涵孫慰祖先生所研究發表相關古璽印論述，包含封泥、印章所見秦漢官印制度的幾個問題與相家巷封泥與秦官制研究等。

23、《秦漢金文彙編》孫慰祖、徐谷甫著，上海書店出版社，1997 年 4 月一版。收錄秦漢金文器銘釋文，共計 585 件，分上下編，上編爲秦漢金文彙編圖版，下編爲秦漢金文字彙，有十五卷，並附檢字表與器銘索引。此書是秦漢金文研究重要參考資料。

24、《孤山証印》西泠印社國際印學峰會論文集，西泠印社出版社，2005 年 10 月一版，內文收集印學論文專著，分爲四大類，包篆刻學學科研究、印學史研究、吳昌碩與趙之謙研究、西泠印社社史研究等。

25、《新出簡帛研究》新出簡帛國際學術研討會論文集，文物出版社，2004 年 12 月一版，內文收集新出簡帛論文專著，相關論文共計簡帛 8 篇、盟書 2 篇，上博藏楚簡研究 9 篇、王家台秦簡 5 篇等。

26、《先秦兩漢考古學論叢》陳公柔著，文物出版社，2005 年 5 月一版，內文收錄先秦兩漢考古學論文專著，相關論文共計 16 篇等，爲研究先秦兩漢史料重要學術論著。

（三）學位論文

1、林麗卿《秦封泥地名研究》2002 年國立台灣師範大學國文研究所碩士論文。

2、黃聖松《東周齊國文字研究》2002 年國立政治大學中國文學碩士班碩士論文。

3、徐筱婷《秦系文字構形研究》2001 年國立彰化師範大學國文研究所碩士論文。

4、闕曉瑩《古璽彙編考釋》2000 年國立台灣師範大學國文研究所碩士論文。

5、文炳淳《先秦楚璽文字研究》2002 年國立台灣師範大學中國文學博士論文。

6、陳溫菊《先秦三晉文化研究》2000 年國立中正大學中國文學博士論文。

7、陳嘉凌《楚系簡帛字根研究》2002 年國立台灣師範大學國文研究所碩士論文。

8、林素清《先秦古璽文字研究》1974 年國立台灣大學中國文學研究所碩士論文。

9、鍾雅倫《先秦古璽與西方印章比較研究》1985 年國立台灣大學考古人類研究所碩士論文。

10、施拓全《秦代金石及其書法研究》1991 年國立高雄師範大學國文研究所碩士論文。

11、李知君《戰國璽印文字研究》1999 年國立高雄師範大學國文學系碩士論文。

12、杜忠誥《說文篆文訛形研究》2000 年國立台灣師範大學國文研究所博士論文。

13、吳濟仲《晚清金文學研究》2000 年國立台灣師範大學國文研究所博士論文。

14、蘇建洲《戰國燕系文字研究》2000 年國立台灣師範大學國文研究所碩士論文。

15、文丙淳《先秦楚璽文字研究》2002 年國立台灣大學中國文學研究所博士論文。

16、游國慶《戰國古璽文字研究》1991 年國立中央大學中國文學研究所碩士論文。

17、游國慶《台北故宮博物院現藏銅器著錄與西周有銘銅器考辯》2004 年輔仁大學中國文學研究所博士論文

第二章　秦系璽印相關文獻與資料探討

　　本章從文本出發，重點在於分析歷代金石名家對古代璽印的認知。自明清以降，固然印論著作即不斷問世，但是，早在北宋大觀元年（1107）楊克一就曾編輯《集古印格》（亦稱《圖書譜》），另南宋時期淳熙三年以前刊本王俅《嘯堂集古錄》中，有手摹的白文古璽印三十七方，是現今尚可得見者。元朝至元二十四年（1287）吾丘衍輯《古印式》兩卷（又名《漢官威儀》），之後吾氏更著有《周秦刻石釋音》等，可謂開了印學專著的先河。

　　此外，明清之際，文人及士大夫相繼投入考據學、文字學及金石學考證的行列，帶動了碑帖法書的繁盛，許多仕子文人、學者雅士都好古成癖，大量尋訪搜購鐘鼎彝器和碑刻拓本，遂使沉寂在名山大川、荒冢野寺已久的摩崖石刻、斷碑殘碣紛紛重見天日，相對的也造成輾轉傳世或地下出土的古代璽印銅器及其印拓銘文，也成為金石、文字學家爭相羅致研究的對象。然而，此時期學者所著墨的重點，仍以法書碑學為主，至於古璽這門學問，直至清朝晚期到民國初年這一時期方見雛型，也因此造成清季以前文人學者對「秦印」、「古鉨」認知的混亂，導致璽印斷代分域的錯認及誤判，如黃士陵、趙之琛及吳昌碩等人印譜之中，都曾將古鉨誤認為秦印，後吳式芬《雙虞壺齋印存》及陳介祺《十鐘山房印舉》刊行，將古鉨列於該書卷首，天下方知古鉨乃先秦時期遺物，而非秦國璽印，至此秦印的神秘風貌，也才得以逐漸讓世人所熟知。本章亦為當

時明、清金石學家一般所認知的做一系統的風格辨正，並分析秦印與古鉨的實際風格，以及東周諸系璽印文字的用法及差異。

目前學界所了解的秦國官璽的形制，基本上爲白文，有邊欄，印面大多有十字形界格，稱爲田字格，是秦代官印的一種主要形式。十字型的分界，將印面一分爲四，不管文字筆畫多少，每個字均平穩的置於格內，平整肅穆，加上線條流暢挺勁的邊欄，配置和諧穩重，像〈昌武君印〉(圖2-1)〈樂陰右尉〉(圖2-2)〈中司馬印〉(圖2-3) 等印。

〈昌武君印〉(圖2-1)　　　〈樂陰右尉〉(圖2-2)　　　〈中司馬印〉(圖2-3)

其次，還有長方形印，一般爲較低級官吏所使用之官印，印面則採日字形界格，稱之爲「半通印」，印面被界格一分爲二，印文上下平分，穩當的置於格內，通常給人渾厚凝重感覺，像〈留浦〉(圖2-4)〈廐印〉(圖2-5) 等印，不過亦有線條細膩精緻，有一種清新秀麗的風格，通常在秦私印中較常見，如〈桃目〉(圖2-6)〈賈祿〉(圖2-7) 等印。

〈留浦〉(圖2-4)　　　〈廐印〉(圖2-5)　　　〈桃目〉(圖2-6)　　　〈賈祿〉(圖2-7)

秦官印無論是文字或形制上都趨向整齊劃一，反映了秦始皇推行中央集權政策的雄心。其官印制度更奠定漢魏南北朝官印形制的基礎，其方寸大小之型態、篆書形式等都爲後世尊爲法典，然而它並未僵化板滯，形制上亦已初見制度，在歷來官印制度上，只算是從早期的古璽印式邁向成熟漢印制度的過度轉化時期。

第一節　古代印學論述中的秦印風格

　　自元明以降，印論著作即不斷問世。早在北宋大觀元年（1107）楊克一就曾編輯《集古印格》（亦稱《圖書譜》），另南宋時期淳熙三年以前刊本王俅《嘯堂集古錄》中，有手摹的白文古璽印三十七方，是現今尚可得見者。元朝至元二十四年（1287）吾丘衍輯《古印式》兩卷（又名《漢官威儀》），其所著《學古編》稱「此《古印式》無印本，僕自集成者，後人若不得見，只於《嘯堂集古錄》數十枚，亦可爲法」〔註1〕，之後吾氏更著有《周秦刻石釋音》等，可謂開了印學專著的先河。同時趙孟頫亦摹輯《印史》，趙氏有感於當時印壇一味以新奇取巧相衿，入於流俗，遂手摹古印三百四十方，並修其考證之文集《印史》二卷，旨在引導學者上追秦漢，窺見古人典型質樸之意。

　　有些早期的印譜，目前均已亡佚不可考，只剩趙氏《印史》則尚有一篇自序載于《松雪齋文集》。不過在此之前的印學論述卻甚少談及秦印，但是元末文人劉積在其所著的《霏雪錄》中，曾提到元代另一印學專家柯九思曾收集古印，並匯集成集古印譜，他說：

> 「柯博士九思在奎章閣，嘗取秦、漢以還染印子，用越薄紙印其文，剪作片子，帖褙成帙，或圖其樣，如〈壽亭侯印〉，雙鈕四環之類，爲二卷。余嘗見之。」〔註2〕

　　劉積的這段文字中已經提到了秦、漢印。元末楊遵於元統一年（1333）集篆的《楊氏集古印譜》，該譜久佚，惟在明顧從德《印藪》中仍可見到王沂的序贊。文曰：

> 「…犍爲之磐，汾陰之鼎，秦璽漢劍，曲阜之履歷，世傳以爲寶…。」〔註3〕

此段文字中已提到「秦璽」，不過在此對於秦印的認識還只停留在歷史的時代概

〔註1〕吾丘衍《學古篇》三十五舉第三十二舉曰：「凡印，僕有古人《印式》二冊，一爲官印，一爲私印，具列所以，實爲甚詳。不若《嘯堂集古錄》所載，只具音釋也。」

〔註2〕見《四庫全書》霏雪錄二卷本。黃惇《中國古代印論史》，頁29，上海書畫出版社，1997年4月。

〔註3〕韓天衡《歷代印學論文選》下，422頁～423頁，王沂〈楊氏印譜〉序。西泠印社出版，1999年8月。

念，對於「秦印」的面貌還是相當模糊。明朝印學家甘暘的《印章集說》中亦曾提及秦印：

「秦之印璽，少易周制，皆損益史籀之文，但未及二世，其傳不廣。」

〔註4〕

但敘述較為簡略，他在論及印制時又說：

「秦、漢印有方者，也有條者，皆正式。」

至此甘氏仍未能區分秦、漢之別。明徐上達在萬曆四十二年完成他的印學專著《印法參同》，總四十二卷，其中第五卷「量材料、審措置」一節中談到仿學秦印的形式，他說：

「格式既定，自決從速。如從秦則用秦文，從漢則用漢篆。從朱則用小篆，取其瀟灑；從白則用大篆，取其莊重。」〔註5〕

到了清雍正六年（1728），夏一駒在其所編《古印考略》中對秦印有了進一步的描述：

「秦銅印，其小方陽文，多邊闊，其配偶錯落，緊密不容針。」〔註6〕

不過，由其所述的印式內容可知，這很顯然是將戰國古鉥亦視為秦印了，之後康熙六十一年（1722）孫光祖在其《古今印制》中也產生類似觀點，其文中提到：

「三代之印，制度不傳，後世印章，以秦、漢為昉。秦、漢至明，代有體式，備列于左。秦：白文璽（籀文、刻符書、摹印篆）。朱文璽（籀文）。白文官印（摹印篆）。白文私印（籀文、摹印篆）。闊邊碎朱文印（籀文。秦焚書而古文絕，故此式有大篆，而無古文）。」〔註7〕

〔註4〕韓天衡《歷代印學論文選》上，73頁～86頁，甘暘〈印章集說〉。西泠印社出版，1999年8月。

〔註5〕韓天衡《歷代印學論文選》上，107頁～108頁，徐上達〈印法參同〉。西泠印社出版，1999年8月。

〔註6〕韓天衡《歷代印學論文選》上，267頁～269頁，夏一駒〈古印考略〉。西泠印社出版，1999年8月。

〔註7〕韓天衡《歷代印學論文選》上，279頁～283頁，孫光祖〈古今印制〉。西泠印社出版，1999年8月。

其文中所指「闊邊碎朱文印」這種印式，現今已知是六國古鈢中三晉系官印的代表形式，並非孫光祖所認知的秦系璽印形制。

古鈢、秦印、漢印，三者未能加以區分而混爲一談，是民國以前印學研究的障礙。其實戰國古鈢傳世，早見於明人印譜之中，只是當時不了解其確切年代，故常將其列於秦漢印之末，至清初仍然。直到清道光八年（1828）張廷濟輯《清儀閣古印偶存》，始稱戰國古鈢爲古文印，至同治元年（1862）吳式芬《雙虞壺齋印存》書上始有「古璽官印」、「古朱文印」字樣，列在秦漢印之前。光緒四年（1878）陳介祺在致吳雲（平齋）的信中，同意吳氏「許氏所引皆六國時古文」之論，並於考證新得六字古銅鈢文字時有「許書不足徵」、「似六國書之近西周者」之感，陳氏認爲朱文銅鈢「前人謂之秦印，不知是三代，今多見，亦似六國文字」〔註8〕，繼之光緒七年（1881）王懿榮爲高慶齡作《齊魯古印攈存・序》始謂「璽之具官名者是出周秦之際」。之後民國十三年（1924）王國維爲徐安的《桐鄉徐氏印譜》寫序，再次確定古鈢文字爲六國文字，〔註9〕近年來陸續有湖南長沙戰國楚帛書及仰天湖楚墓所出遣策、河南信陽竹簡、安徽壽縣之鄂君啓節、山西侯馬盟書等出土的戰國文字，其文字結體與古鈢文字十同八九，這更加可以確定古鈢年代是益信有徵。

民國二十四年孔雲白所著《篆刻入門》，始對秦印有略微清晰的看法，其以爲：

> 「秦代天子稱璽，臣下稱印，「印」字之見於印章者，始於秦代也。
> 其文嬌媚可愛，古勁蒼秀，全爲小篆，證以泰山琅琊諸石刻，筆意
> 如出一軌，固同時物也。又有作吉語戒訓語者，如日日敬毋治、忠
> 仁思士、上賢事能等。其制度文字一如官印，當全屬秦印無疑。」

但孔氏對秦印中的私印則以爲「全同晚周時期」，即上述所謂周秦小鈢，猶仍未能完全正確指出秦印風貌。他對於小鈢則認爲：

〔註8〕見陳介祺《簠齋尺牘》，第244頁、261頁。民國58年3月進學書局景印發行，古亭書屋總經銷。

〔註9〕韓天衡《歷代印學論文選》下，670頁～674頁，王國維〈桐鄉徐氏印譜・序〉。西泠印社出版，1999年8月。

「周秦之際，印制甚小，僅當今尺之三五分許，朱文多闊邊，書體

恣肆奇放，古秀蒼，所謂寬能跑馬，密不容鍼也。文字多不可識。

昔人目爲秦印，以文字例之，當爲亡國之物。文白多有邊欄及直豎，

作田形格者。長方只做日形格。其文迫似小篆，整美清麗，或同漢

隸。刀畫險峻，奇秀之氣爲列代古印之先。及後世所謂周秦刻印當

稍後於朱文小鈢，統稱之曰周秦小鈢。」

潘天壽在其《治印談叢》中也談到：「古鈢無定制…私鈢印制小僅五分，故名
小鈢，期間不乏秦印，製作相同，甚不易分！」從上面論述，大致上可了解當
時明清印學專家對秦印的了解程度，主要是對六國古鈢、秦印及漢印三者未能
明確區分。

第二節　明清篆刻家的秦印風格創作辨正

明清印人所稱的「秦印」，因爲個人認知上有所不同，因此在印制上大致可
分爲兩種不同形式：

1、朱文小鈢，即一般所指「闊邊碎朱文」，這種印式，今日學界已知係
以三晉系官印爲主要代表。

2、邊欄有界格的白文印，這一認識基本上無誤，但正確來講，秦系官印
應以「田」字格與「日」字格爲主。

朱文小鈢自古傳世數量雖非特多，但印式特殊，且官、私印皆可見，故一
般印象特別引人注意。明顧從德《集古印譜》中收錄約一百多方，當時人們不
知道是「古鈢」，所以編列在最末一卷《未識私印》內。萬曆年間有印人朱簡
作《印品》、《印經》兩書，其中對於《集古印譜》這一百多方未識私印鑑定爲
「三代印」、「先秦以上印」，其《印經》中有云：「所見出土銅印，璞極小而文
極圓勁，有識、有不識者，先秦以上印也。」〔註10〕又云：「古文，三代金石銘
款，不能遽有所考，而似形立意，開拓規模，取以疏其源。」；但是三代範圍太
廣，先秦指的又是春秋戰國，不過在當時是較爲準確的說法。但朱簡所作兩書
當時流傳不廣，許多人並未見到，連當時的印學大家周亮工也未見過。周亮工

〔註10〕韓天衡《歷代印學論文選》上，135 頁～141 頁，朱簡〈印經〉。西泠印社出版，
　　　　1999 年 8 月。

所作《印人傳》在卷二〈書徐子固印譜前〉中談到徐堅，稱其所作印「仿古小秦印章，白朱修能（簡）外不能多讓矣。」周亮工也稱朱文小鈢爲秦印。這觀念從明季以來，徽、浙兩派篆刻名家直至晚清治印各大家，一直深信不移，因此每於作品之中，或每刻此類印時，邊款常題「仿秦小印」或「仿秦璽」，這正反映出當時印學界對秦印的普遍性認識，概約可分爲二種：

（一）視「古鈢」爲「秦印」

清代的篆刻家趙之謙，在他刻的〈鄭齋〉(圖2-8) 一印的邊款中這樣提到：「悲庵擬秦印，爲均初刻鄭齋記。」，所刻二字及其印式均取自古鈢，顯然是將戰國古鈢當作秦印。而清末民初的印人黃士陵，在〈遁齋〉(圖2-9) 一印的邊款中刻到「有秦小印面目」這樣的印款，但實際上刻的都是戰國鈢印的風格，而絕非秦印風貌，其他像是「孔偕」(圖2-10) 這方印，其款內亦有「仿秦小印」的款識出現。

同樣的，在其子黃少牧身上，也發現相同的問題，黃少牧跟隨其父學習，精通金石文字及書畫篆刻，頗得乃父精隨，惟對秦系璽印的認知也相對承襲其父的看法，如〈寒雲主人〉(圖2-11) 這方印中，其形制爲寬邊細朱文的古鈢形式，其款卻爲「丙辰二月爲寒雲主人仿秦小印」。另一方印〈克文之鈢〉(圖2-12)，雖有邊欄，但無田字格，這在六國古鈢的形制中，應屬燕系、齊系或楚系官鈢的形制，並非秦系官璽，再者，印文中「之」、「鈢」二字的寫法，現今已知是楚系官璽中特有的通用寫法，由此推論此印應屬楚國官鈢的形制，並非其款識所云「..秦鈢..」之謂，其次，若是秦官璽，則稱「印」而不稱「鈢」，這也是秦印辨識的一大特點。

趙之謙〈鄭齋〉　黃士陵〈遁齋〉　黃士陵〈孔偕〉　黃少牧〈寒雲主人〉　黃少牧〈克文之鈢〉
　（圖2-8）　　　　（圖2-9）　　　　（圖2-10）　　　　（圖2-11）　　　　　（圖2-12）

　　對秦印的誤認，這樣的情形亦在篆刻名家吳昌碩、趙之琛、來楚生作品中，也有發現，吳昌碩在其〈汝穆〉（圖2-13）一印中款記爲「倉石仿秦印於吳下寓盧，時乙酉四月維夏」，不過從印面上清楚看出，該印很顯然是戰國古鉨的印式，文字非秦文之形。

　　而趙之琛在其〈笠父〉（圖2-14）〈高氏宰平〉（圖2-15）〈茗卿〉（圖2-16）等印中，其款識一爲「六十七叟趙之琛仿秦代銅印」，另爲「仿秦代銅印」、「次閑擬秦人印」云云，然其面目卻是戰國古鉨，其他像是〈朱椿〉（圖2-17）〈次亭〉（圖2-18）〈耐青〉（圖2-19）〈秋粟〉（圖2-20）〈衣垞〉（圖2-21）〈紫珊〉（圖2-22）等印，款皆有仿「秦人印」、「秦印」的字樣，可見趙氏的認知是將古鉨誤當作秦璽，並視爲當然，因此大量的出現在所創作的印章上。

　　另外來楚生治印，其風貌雖兼具古鉨與秦印，但其款識的說明卻將其古鉨中寬邊細朱文這樣形式的印歸納至秦璽印一類，在其自用印〈初閂〉（圖2-23），其款云「仿秦小鉨」，及〈生癸酉〉（圖2-24），款云「秦小品爲越齋作」、〈子木心賞〉（圖2-25），款云「一九四九年楚鳬爲子木先生仿秦鉨」，可見一般。由於秦既稱「璽」或「印」，不用「鉨」字，因此，基本上所謂「秦鉨」便說不通。

　　對秦印的誤解除上述幾位大家外，此類情況在清末至民國的許多篆刻家身上都有相同的認知，像趙叔孺、胡钁、鐘以敬、吳僕堂、童大年及壽石工作品亦有發現。趙叔孺所刻〈綱孫〉（圖2-26）一印中，其款曰「秦人小鉨..」，亦是將

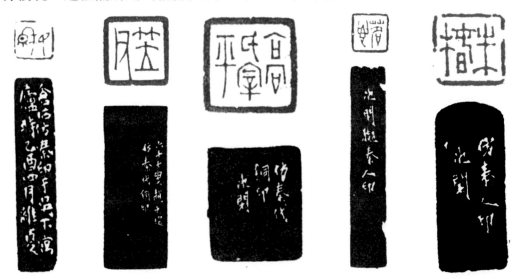

吳昌碩〈汝穆〉　趙之琛〈笠父〉　趙之琛〈高氏宰平〉　趙之琛〈茗卿〉　趙之琛〈朱椿〉
　（圖2-13）　　　（圖2-14）　　　　（圖2-15）　　　　　（圖2-16）　　　　（圖2-17）

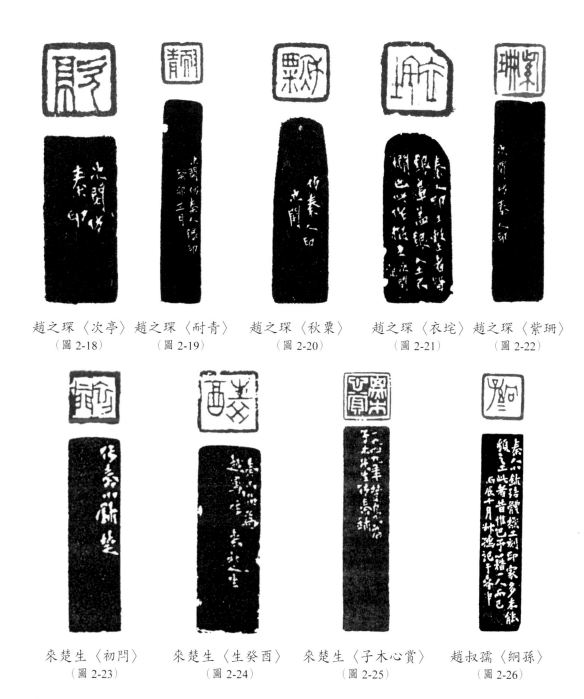

趙之琛〈次亭〉　趙之琛〈耐青〉　趙之琛〈秋粟〉　趙之琛〈衣垞〉　趙之琛〈紫珊〉
（圖 2-18）　　　（圖 2-19）　　　（圖 2-20）　　　　（圖 2-21）　　　（圖 2-22）

來楚生〈初閟〉　　來楚生〈生癸酉〉　來楚生〈子木心賞〉　趙叔孺〈綱孫〉
（圖 2-23）　　　　（圖 2-24）　　　　　（圖 2-25）　　　　　（圖 2-26）

古鈢跟秦印混爲一談。胡钁所刻〈仲齊〉（圖 2-27）及〈詞葭〉（圖 2-28），款謂「..
仿秦人小印」、〈叔和父〉（圖 2-29）及〈朋蘇〉（圖 2-30），款爲「..仿秦印..」、〈懷軒〉
（圖 2-31），款爲「..仿秦」。鐘以敬所治〈修竹高松無俗塵〉（圖 2-32），款「..秦印..」。
吳樸堂刻〈柔博〉（圖 2-33），款爲「..仿秦人銀鈢..」。其面貌都爲古鈢形式，卻皆
以爲秦，並以「鈢」字稱呼其印。童大年刻〈心龕〉（圖 2-34），其形制較近現代
印，款卻爲「二字有秦鈢意..」，對「鈢」字的認知也與吳樸堂所犯相同。壽石
工所刻〈長年〉（圖 2-35）〈壽鈢〉（圖 2-36）兩印，前爲古鈢形制，款仍爲「..印勻

仿秦印式」，後爲楚系官璽形制，「鈢」字是爲特徵，款卻爲「擬秦鈢..」，可見當時治印之金石學家多未能明顯區分秦印與六國古鈢間的差異，因此有所誤識。

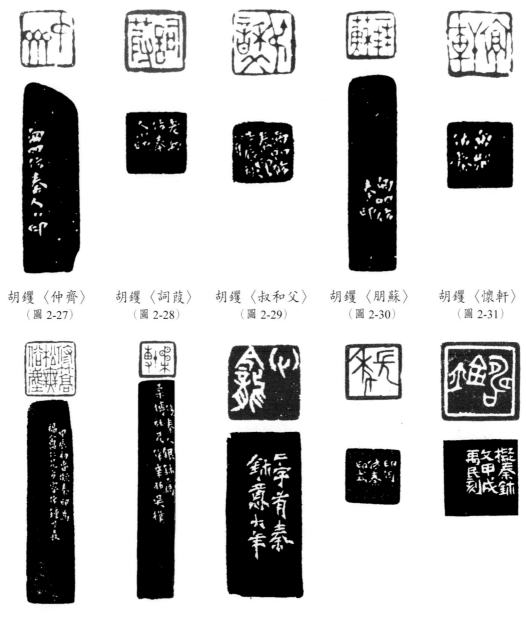

胡钁〈仲齊〉　　胡钁〈詞葭〉　　胡钁〈叔和父〉　　胡钁〈朋蘇〉　　胡钁〈懷軒〉
（圖2-27）　　（圖2-28）　　（圖2-29）　　（圖2-30）　　（圖2-31）

鐘以敬〈修竹高　吳樸堂〈柔博〉　童大年〈心龕〉　壽石工〈長年〉　壽石工〈壽鈢〉
松無俗塵〉　　（圖2-33）　　（圖2-34）　　（圖2-35）　　（圖2-36）
（圖2-32）

（二）視「秦系印」爲「漢印」

黃士陵另有一白文印〈陶齋〉（圖2-37），其半通印界格形式，現已知是秦印中低級官吏所使用，然黃士陵在其邊款反謂「仿漢人界格印」，將秦系璽印當作漢印，這在當時也是一般篆刻家常見的錯誤。其實在胡钁身上也曾發現一方以

秦半通印形式創作的〈松窗〉（圖2-38），不過胡钁並未以漢印稱謂，僅以「..仿古陶器」稱之，可能是胡氏並不認同其印制是屬於漢印，然卻也未能明白辨識出該印為秦系璽印。

黃士陵〈陶齋〉
（圖2-37）

胡钁〈松窗〉
（圖2-38）

吳昌碩〈士豈之印〉
（圖2-39）

吳昌碩〈相思得志〉
（圖2-40）

另外，篆刻大家吳昌碩曾為其好友徐士愷〔註11〕治印〈士豈之印〉（圖2-39），其形式明顯是秦田字格官印形制，不過吳昌碩在其款識卻以漢印稱謂，內文為「九刻仿漢尚不惡，子靜先生以為然否，戊子三月倉石問。」，可見吳昌碩在這田字格形式的印章上著實下過一翻苦工，可惜仍未能明辨其秦漢璽印系統上的區別。此外吳昌碩另有一方仿刻〈相思得志〉（圖2-40），其款稱此印為「此漢鑿印之最古者」，不過此印確實為秦璽印形制而非漢印，是為秦吉語印（圖2-41）（圖2-42）（圖2-43），就目前出土的秦系璽印中，有相當數量的吉語印，就〈相思得志〉這方印來說，並非少見的一方，因此稱此印為漢鑿印之最古者，並不正確，更遑論其形制是否正確了。同樣的，另一位篆刻大家錢松，也曾仿過此印（圖2-44），邊款也稱「..為仿漢印面之式..」，可見當時雖有很多篆刻家對古璽有相當大的研究興趣，不斷的仿刻摹印，但是對於印制分域的研究，可能礙於當時出土資料有限，又無深入且嚴正的考證，導致一般金石學家對秦印認知上尚未能細加區分，因此造成認知上的錯誤。

〔註11〕徐士愷（1844～1903），石埭人。一作士豈，字子靜。齋堂為觀自得齋。官浙江候補道。嗜金石，精鑒別，清秘之藏足與兩罍軒、城曲草堂相抗。晚寓吳下，與諸名流考訂金石，閒亦娛情鐵筆。

秦印〈相思得志〉（圖2-41）

秦印〈相思得志〉（圖2-42）

秦印〈相思得志〉（圖2-43）

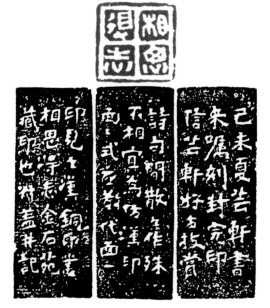

錢松〈相思得志〉（圖2-44）

黃易〈罨畫溪山院長〉（圖2-45）

　　印章在中國有相當悠久的歷史，自北宋以來，便已有紀錄印章的印譜，至今也有一千多年的歷史。各時期的印譜各有不同形貌，大致上可分為三類，其一是集古印譜，將歷代流傳下來與出土的的古代璽印匯集成冊，具有鑑賞以及考古雙重功用。其二是摹古印譜，它是晚明以後，治印之人為學習歷代印章風格與製作，摹刻後鈐拓集成的印譜，其目的為展示印人在臨摹古印及學習成效上的傳統功力。其三是創作印譜，亦即文人雅士或篆刻金石學家將自己創作的作品並加款識拓印匯集成譜，是篆刻藝術創作表現上的一種體現。其中集古印譜正可謂研究古代璽印最主要的依據，但是對所收集的的印章中如何區別出古璽，直到晚清吳大澂的《千鈢齋古鈢選》才有所識別，此後才有相關輯錄古璽的專書陸續刊行，因此，明清之際，金石學者與文人墨士，在研究考證上或有缺失不察之處，造成在創作之時的誤解，正如本文中所提，對秦印的辨識不明，就僅是一例。然而在其他歷代官印之中，其實尚有許多待辨正的部份，像清篆刻名家黃易，就曾將漢魏南北朝形制之官印，誤認為秦印，在其所治〈罨畫溪山院長〉（圖2-45）一印，上款卻為「仿秦人九字印」，就此可以看出，當時一般

研究者的普遍看法是有待驗證的，不過所幸在古璽的辨識上，現今學界大致都已能辨別六國古鈢與秦系璽印上的區別，以及歷代印風，或許是後世研究及創作者較之前人所得幸事。

第三節　東周璽印分域概述

中國文字發展的過程中，在春秋戰國時期因爲社會劇烈的變動，封建諸侯割據，因各國文化、經濟發展快速，文字已經由從前少數史官手中，逐漸流傳至民間，經過廣泛的使用，逐漸產生了大量的俗體化文字和異體文字，在漢字形體上漸趨發展出地域性特色。從各方面來說，當時文字體系大致可分爲東土及西土兩大區塊五大體系，而東土這區塊所包含的，即三晉系（韓、趙、魏）燕系、齊系及楚系，西土則是專指秦系文字而論。至於鈢印，是使用者根據所需鈢印內容的不同，以文字爲載體，制定不同形制的實用性物品，因此，根據所用文字的不同，鈢印風格的形式，自然區分爲五大系統。

1、三晉系古鈢

春秋晚期晉國被三卿韓、趙、魏所瓜分，建立了自己的諸侯國，但是三家所用文字，基本上還是原本晉國體系的文字，三者之古鈢風格較爲相似，除個別可確認的官職或地名外，很難進一部區分，因此常一併敘述，其中包含當時三諸侯國周邊的中山、東周、西周及衛諸國，按地域特點也都納入此一體系之中，依現今地理位置來說，包含河南、河北、山西、陝西等部份地區。其文字風格特點是線條纖細有勁，結體平整，治印工巧精細、文字秀麗。三晉系官鈢有朱文及白文兩種，朱文多而白文少，目前所知的是朱文官鈢，多以青銅鑄印，形制以寬邊細朱文爲主，如〈富昌韓君〉(圖2-46)〈足蓉司馬〉(圖2-47)，而白文官鈢則全是以玉製作，皆有邊欄而無界格，像是〈兇奴相邦〉(圖 2-48)〈城歇〉(圖 2-49) 等印，無一例外，這是相當特殊的，就鈢印功能而論，白文官鈢明顯是官職較高者使用。

富昌韓君	足蓉司馬	兇奴相邦	城歇	戩午	司寇鳴
(圖 2-46)	(圖 2-47)	(圖 2-48)	(圖 2-49)	(圖 2-50)	(圖 2-51)

　　三晉系古鉩，雖然稱鉩，但是一般並不將「鉩」字入印，印面中見到「鉩」字反到極爲少見，這是晉系鉩印的特點。此外，在晉系私鉩中也出現過鳥蟲書，目前所見僅兩方，爲〈戩午〉(圖2-50)〈司寇鳴〉(圖2-51)兩印，〈戩午〉的“戩”字止部下方有一倒掛鳥形，〈司寇鳴〉的“鳴”字鳥部上方成一鳥首之形，在戰國時期使用鳥蟲篆入印，除晉私鉩外，現階段只見於燕國私鉩，惟數量並不多見。

2、燕系鉩印

　　燕系鉩印，是原處東周疆域東北部燕國的印式，風格較齊系鉩印統一，文字線條至爲勻稱犀利，結體規矩中見拙趣，文字線條橫畫多實筆方尾，豎筆尾部多尖突，如〈長平君佢室鉩〉(圖2-52)〈文安都□里〉(圖2-53)，有剛烈之美。燕系古鉩官印印面大多以方形爲主，也有做長條形，方形官印，有朱文及白文兩種，朱文官印一般僅有邊框，如〈日庚都萃車馬〉(圖2-54)，白文則有邊欄，如〈平陰都司徒〉(圖2-55)，不過亦有些許特例，如〈龏佑左司馬〉(圖2-56)〈長昌〉(圖2-57)〈長□〉(圖2-58)印，帶有界格，在燕系古鉩中殊爲罕見，長形官鉩則印文皆爲朱文，或有邊框，如〈單佑都市王卩鍴〉(圖2-59)，或無邊框如〈洀□山金貞鍴〉(圖2-60)，是燕鉩一大特色。

　　在印面文字中有相當多燕國地域性的寫法，官印中「鈢」字作「鉩」、「鍴」，是相當特殊的寫法，「鍴」音「瑞」，在《周禮‧春官‧典瑞》中，鄭玄注：「瑞，節信也。」，除此之外，《説文》亦有提到「節，瑞信也」，可見燕鉩中「鍴」跟「節」兩字意思是相通的，其次「鉩」字一般也用「伏」字代替，「伏」音「符」，字作「卩」，作用與鉩功能同，字意與「鍴」跟「節」兩字相通，訓爲「信」意。其他像地名一般稱「都」，字作「𨟠」，也是燕國官鉩與他域相當明顯的區隔。

長平君佢室鉩	文安都□里	日庚都萃車馬	平陰都司徒	龏佑左司馬
(圖2-52)	(圖2-53)	(圖2-54)	(圖2-55)	(圖2-56)

長昌
（圖 2-57）

長□
（圖 2-58）

單佑都市王尸鍴
（圖 2-59）

汮□山金貞鍴
（圖 2-60）

3、齊系鈢印

戰國初期，包含齊、魯、邾、莒等國，都是使用齊系文字的區域，中期以後，齊國併吞宋國，所以齊系文字的使用範圍擴大到原屬宋國的疆域，不過魯、莒兩國後被楚國併滅，所以在文字使用上，就不再單獨僅是齊系文字一種風貌了。齊系官鈢在戰國時期形制與其他各國迥異，齊系官印一般都是以方形為主，較少長形或圓形，鈢面通常有邊欄，或中有界格如〈右司馬鈢〉（圖2-61）〈左中庫司馬〉（圖 2-62），然文字線條與邊欄粗細比例不盡相同，或有粗細相同，或有邊框較文字線條為粗，也有邊欄較為字筆畫為細，形制上比之其他各國較不統一。其次有些方形官印上方有一凸起方塊，如〈陽都邑□徙（告盟）之鈢〉（圖2-63），或是上下、左右都做凸起，像是〈職私氏之鈢〉（圖2-64），一般通稱為「把子」或「上出」形，這在戰國各系鈢印中也是極少數的特例。

　　齊系鈢印名稱一般通稱為“鈢”或“鉨”，像是〈子杢子鉨〉（圖2-65）或〈王□右司馬鈢〉（圖 2-66），也是齊國官鈢僅見的特殊用法。私鈢形制中，一般也多加邊欄，少數行間有界格，不過有一類齊系白文私鈢，有雙界格，如〈王□□信鈢〉（圖2-67），另有一些私鈢具有雙線邊欄，其形制有方有圓，如〈陳□〉

（圖2-68）〈孟□〉（圖2-69），這在其他地域鈢印中是較爲少見的表現形式。另外像是雙邊欄並有界格的形制或鈢面採菱形，文字置中的區塊作方形，四邊三角形區塊則裝飾相同的線條圖案的形制，像是〈羊這〉（圖 2-70），還有〈鄆市師鈢〉（圖2-71）〈武城置皇〉（圖2-72），帶有界格，〈右攻師鈢〉（圖2-73），白文無邊，都是相當特殊的鈢印形制。

右司馬鈢
（圖2-61）

左中庫司馬
（圖2-62）

職私氏之鈢
（圖2-64）

陽都邑□徒（告盟）之鈢
（圖2-63）

王□□信鈢
（圖2-67）

陳□
（圖2-68）

王□右司馬信鈢
（圖2-66）

孟□
（圖2-69）

羊這
（圖2-70）

右攻師鈢
（圖2-73）

子夲子璽
（圖2-65）

鄆市師鈢
（圖2-71）

武城置皇
（圖2-72）

4、楚系鈢印

　　楚系鈢印的使用範圍，以楚國為主，包含戰國初期即被楚併吞的越、蔡、曾等國，加上後來楚又滅魯國，範圍跨大到魯地，因此今天所見到楚系鈢印，九成以上都是楚國鈢印，因此楚國文字在結構及體態上有相當獨特的地方，相較於其他系統的鈢印，有更明顯獨立發展的趨勢。其官印大多以方形為主，少長方或圓形，官鈢佈局中多帶有邊欄，大小差異很大，小的有 1.2 厘米見方，大的可達 6 厘米見方，不似他國鈢印統一。楚私鈢在形制上則多有變化，長方、圓扁、矩菱各種形制都有，這點與燕國私鈢有類似情況，不過仍以方型為最大宗，少數方形鈢印於文字之間也有十字界格如，〈中戠室鈢〉（圖 2-74），與秦系璽印雷同，或直豎界格，〈大府〉（圖 2-75）〈□□〉（圖 2-76）〈□始〉（圖 2-77）。

　　楚國文字的寫法，其地域性更為明顯，楚國官、私鈢都稱「鈢」，與燕、齊、三晉官鈢同，惟「鈢」寫法與他國皆不相同，「金」部通常作「金」、「金」形，是楚國特有寫法，如〈五渚之鈢〉（圖 2-78）〈區夫相鈢〉（圖 2-79）。其他像是之字寫法作「㞢」形，都與其他地域不同，也是相當有特色的寫法。楚國文字另外還有一個相當獨具特色的寫法，就是在部份所使用的文字之中有複筆的用法，根據已考定的楚官鈢中，常見部分字形的寫法在上部或下部多加一短橫畫的複筆，如〈上□邑大夫之鈢〉（圖 2-80）的「上」字、〈中戠室鈢〉（圖 2-74）「中」字寫法等，或上或下都有複筆存在，這在其他系統的文字之中並未發現，是楚國文字相當特殊的用法。

中戠室鈢
（圖 2-74）

大府
（圖 2-76）

□□
（圖 2-75）

□始
（圖 2-77）

上□邑大夫之鈢
（圖 2-80）

五渚之鈢
（圖 2-78）

區夫相鈢
（圖 2-79）

5、秦系璽印

秦國因地處西北，早在春秋中期以後，在文字的使用上就已經頗具地域性面貌，在璽印上的用語亦顯然不同於東土六國，最明顯的就是秦璽印一般通稱「璽」或「印」，官、私皆然，與三晉、燕、楚、齊系稱「鉩」不同。在印制上，秦系官印，印面多爲方形、長形或菱形，方形官印多爲陰文，有「田」字界格及邊欄，像是〈中司馬印〉(圖2-81)〈武昌君印〉(圖2-82)，長形官印稱「半通印」，有邊欄及「日」字界格，如〈厩印〉(圖2-83)〈留浦〉(圖2-84)，爲低級官吏使用。私印則多爲姓名及吉語印，如〈王穿〉(圖2-85)〈日敬毋治〉(圖2-86)之類，除長、方之外，亦有圓形，像是〈馮士〉(圖2-87)。私印多朱文印，目前出土數量較少，以鑄印爲主，印邊有粗、細之分，與他系鉩印雷同。

秦文字的地域性寫法，像是「馬」字做「馬」，「之」字的寫法做「之」，可以明顯區隔跟其他系統的不同。另外到了戰國中期以後，其官體文字的部首結構已經非常簡約隸化，尤其民間更是流傳廣泛、大量被使用，這是文字在長期使用下，爲求書寫便捷、快速的需求下逐漸產生，使其文字結構逐漸隸化，到了戰國晚期，隸化文字更大量被使用在官方器物的銘文之中，並不僅僅在秦印之中，可見秦文字的隸化現象在當時並不僅限於民間或官方，而是普遍性的自然演進。因此對於秦系璽印的考證，遠較其他六國古鉩的考證複雜，這其中尚涉及到戰國晚期秦文字與秦朝以及漢初系統傳承以及延續轉變的特殊關係。

中司馬印 (圖2-81)

武昌君印 (圖2-82)

厩印 (圖2-83)

留浦 (圖2-84)

王穿 (圖2-85)

日敬毋治 (圖2-86)

馮士 (圖2-87)

第四節　東周諸系璽印文字用法析探

秦系文字與三晉系、燕系、齊系及楚系六國文字因地域性的不同及政治制度社會發展條件等因素，因此產生局部性差異，根據民國五年（1916）王國維他在《史籀篇疏證序》中首先將戰國文字區分爲東、西土文字，他認爲：

> 《史籀篇》文字，秦之文字，即周秦間西土之文字也。至許書所出古文，即孔子壁中書，其體與籀文、篆文頗不相近，六國遺器亦然。
>
> 壁中古文者，周秦間東土之文字也。

確實，秦國文字與東方六國文字的結構是有部分差異性，由於秦國原本地處西陲，在各方面的發展較之東方六國爲遲，但相對來說，其文字卻也保留了較多西周晚期文字遺風。之後，李學勤在五十年代後期發表了〈戰國題銘概述〉[註12]，詳細考察了戰國文字的地域風格和特點，第一次將其區分爲齊、三晉、燕、楚、秦五系。反映在方寸之間的古璽文字，特別能鮮明看出五系文字各自的地域特色。

秦系文字與三晉系、燕系、齊系、楚系六國文字因域文字的相異之處，不只在於筆勢和體相方面，最基本的關鍵處還在於部首的結構方面。筆勢和體相在某些情況底下文字會出現近似相同的現象。而部首的結構，不論在何種情況底下，其中部分始終帶有濃重的地域特色。除部首之外，有一些字的寫法，也充滿相當特殊的地域性寫法，完全不同於其他系統。就燕系古鉥文字來說，燕國在戰國時地處東周疆域之東北部，國土相當遼闊。它雖爲七雄之一，軍事力量卻在七雄中相對較弱。由於其戰事較少，國家的局勢也相對較穩定，這對文化的獨自發展具有相當的益處，其文字也正是在這種境中形成了獨特的風格，而秦文字也是在不同的地域條件下獨自發展，自成一個體系，因此在文字的發展上有其一定的特殊之處，像是「女」字秦小篆作「𢖠」，在秦器物銘文中分別作「女」、「𢁉」、「𢁈」等形，「辵」部秦戈銘文作「𢔏」、「𢔐」，小篆做「辵」形，另外「言」作「言」，「長」做「長」，小篆做「長」、「長」，雖然有些字形是結構隸化，簡約過的字形，但也是秦文字不同其他體系的特異之處。

燕國古鉨文字，則筆勢大多具辛辣陽剛之態，這大概因地處邊陲長期同夷狄雜處的北地人士多粗獷豪邁之氣性格的融入不無關係。以文字的結構、筆勢、體態綜合而論，燕國文字和其他地區的文字相較，面貌明顯獨特。以「都」字爲例，其「邑」部寫法，有「ß」、「ß」、「ß」、「ß」、「ß」等形，這種類型的寫法，與已定論的戰國時期其他國文字中的邑部寫法相異，當屬燕國系統所獨有。通過這種類型寫法的邑部，也可以勘測出一批帶邑部的燕國文字和燕國鉨印。另外像是「中」字寫法，燕文字做「ß」形，「徙」字的「辵」部做「ß」、「ß」、「ß」形，「馬」字的做「ß」、「ß」、「ß」、「ß」、「ß」等形，都是有別於其他系統文字的寫法，此外燕系文字中的「張」字，其「長」部做「ß」、「ß」、「」、「ß」形，右下角的中部均加飾筆，這樣的寫法在戰國文字中僅見於燕國和秦國文字，然而這兩國「長」字的主體結構卻完全不同，也是分辨燕國文字的與他域特色的方法。

齊系古鉨，自然是以齊國文字爲主體面貌的文字，以及包含與齊國文字結構、筆勢、體態特點相類似的齊國周圍其他國家文字所合而成，其文字特點像是「陳」字寫法，在其青銅器銘文中有做「ß」、「ß」形，印文陶銘有做「ß」、「ß」形，皆爲齊文字特有，與他地區之「陳」字寫法迥然不同，此外像是「市」字寫法，五系文字各不相同，齊系做「ß」形，與其他系「市」字無一點近似相同之處，最具特色，是相當獨特的寫法。另外齊國「馬」的寫法做「ß」形，「師」字寫法做「ß」形，也完全不同於燕、楚、三晉及秦四系文字。其他像是「安」字之「女」部做「ß」、「ß」、「ß」、「ß」形，「信」字寫法有「ß」、「ß」、「ß」、「ß」形，亦有從「心」不從「言」的寫法，如「ß」、「ß」，皆爲典型齊系鉨印獨有的寫法。

楚系古鉨文字，其中包含楚周邊的國家所共同使用相同或類似的文字所共同組成，很多字形在結構方面有相當獨特之處，筆勢方面也有其他體系文字所沒有的特殊風采，除了一般文字所有的縱、橫和斜線外，有相當多筆畫採弧線造型，楚系文字的「鉨」字的「金」部做「ß」、「ß」、「ß」、「ß」、「ß」、「ß」形，「言」字做「ß」、「ß」、「ß」、「ß」形，燕、齊、晉、秦皆無此寫法，屬楚系特有的文字造型，另外像是「中」字做「ß」、「ß」、「ß」、「ß」形，「長」字做「ß」、「ß」、「ß」形，也是別於其他系統的特殊形式。除此之外，楚系

文字寫法像是「上」字下面或「下」字上面橫畫再加一短橫畫，形作「上」、「下」，也是獨有的特色寫法。

　　晉國體系文字包含瓜分晉國大權的趙、魏、韓三家等，三家所用的文字均屬原晉國文字，隨著後來的發展，趙、魏、韓三國的文字儘管不可能一模一樣，但是差異始終沒有大幅度拉開，尚屬晉文字一個體系。在晉系的「都」字「邑」部寫法為「𨛷」、「𨚖」、「𨚖」、「𨚖」、「𨚖」，與其他系統寫法明顯區別，為晉之特色，另晉系的「人」部寫法有多種不同形態，有些與其他四系文字完全不同，像是「亻」、「𠆢」、「𠆢」、「亻」，「長」字則都做「𦱹」，另有一種寫法做「𠤏」形，在其他戰國私鈢中未曾發現。另外「馬」字寫做「𢒉」、「𢒉」、「𢒉」、「𢒉」，雖與燕、楚看似相近，實際上確有明顯不同，燕鈢筆畫內無一水平橫畫，楚鈢文字上部多為水平狀兩橫畫，晉鈢多做水平狀三橫畫，是其中的差異。

　　目前秦印的考古資料較少，對於傳世古璽中秦印的認識，主要還是根據印文字體和印面設計的特點來辨識，亦即文字結構是與六國古文有別的秦篆（小篆），而印篆字法則與秦權量、虎符、秦皇詔版、刻石的風格相近，但一般不稱「鈢」而稱「印」，是一大特色，且在秦滅六國後，統一中央官制，更加規定只有皇帝用印稱「璽」，相較六國古鈢，則稱「鈢」不稱「印」，且「鈢」字寫法六國亦有明顯區別，另外在其他文字寫法上亦有不同程度上的差異，今就對秦系、三晉系、燕系、齊系及楚系璽印文字作一對照表，簡單說明如下：

戰國五系文字對照表

＊本表據莊新興編《戰國璽印分域編》內容增補修訂

地域 例字字型	秦系	三晉系	燕系	齊系	楚系
印／鈢					

馬				
之				

府				
官				
師				
門				

長				
戈				
言				

市					
中					
魚					
心					

人					
女					
邑					

辵					
陳					

第三章　秦系璽印探眞

自明清以降，金石學倡盛，但是對秦印的研究以及秦封泥的認知，所錄多
爲秦漢不分，其中亦不乏贋品，本章所論，是希望透過近年陸續新出考古出土
的資料，以及秦系璽印風格特點以及印式考察，另外加上秦國郡縣地理與秦系
璽印關係分析、秦國官制與官印之驗證。透過上述幾點的研究分析考證，一窺
秦系璽印的眞面目。以秦國郡縣地理與秦系璽印關係而言，王人聰先生在《秦
官印考述》中說：

> 「秦印分官印私印兩大類，秦官印的辨識，除根據印文字體的特點
>
> 之外，還可通過對印文所屬官名、地名沿革的考證來確定。」[註1]

另外在秦系私印及秦朱文印方面，亦做一通盤研究與分析。私印印式多做長
方形半通印形式，參佐考古出土資料，從其文字篆法結體可以辨識。對於秦
系朱文印方面，歷來學者對秦印的辨識，大致都是著眼於白文印而對於朱文
印較持保留態度，若談到朱文秦印亦多以尺寸較大者爲主，而較少提及小
印。這個觀點可以在許多印譜的編排上可以看出，在此章節亦針對這個問題
多所著墨。

〔註 1〕 王人聰、葉其峯《秦漢魏晉南北朝官印研究》，頁 1～17，香港中文大學文物館出
版，1990 年 1 月。

第一節　考古出土的秦系璽印考察

近年來考古研究蓬勃發達，戰國秦漢之際出土璽印實物甚多，其中封泥數量更是豐富，是近代金石學的重要成果。在一些金石學家收藏拓傳封泥文字的同時，其所蘊含的史料首先受到關注，因而考釋、研究也逐步展開。總體而言，二十世紀三十年代以前的考古發掘研究，主要處於璽印文字史料的彙集、考釋階段，因而先後形成了大批璽印封泥譜錄和考釋官制地理的著作，位更多研究學者進一步的研究創造有利條件。之後，史料研究逐步延伸到史料的綜合和斷代、辨偽及相關印學問題，無論史料考訂、利用還是印章本體研究都取得了可觀的成果。

經過考訂梳理，可歸納晚清以來出土璽印封泥的收藏考證和著錄可以分為三大階段。第一階段自道光二年到同治末年，出土實物主要在四川和陝西地區，收藏者多為京城的金石學家，封泥譜錄的集輯開始出現；第二階段是光緒初年至民國時期，除了各地的零星發現外，大宗的出土是山東臨淄等地，山左的一些收藏家競相收集，考釋、著錄的風氣大盛；第三階段為二十世紀五十年代以來，大量新出土封泥主要伴隨考古發掘獲得，分布廣泛，但地點和時代相對比較明確，直至八十年代中期之後，譜錄的編輯方法和資料整理視角已經提升到與考古學、史料學等相關學科相互融合呼應的階段，成為研究璽印學一個重要組成部分。

目前出土的秦系璽印實物，比例仍以私印為大宗，封泥則更多，2000 年 4月至 5月，漢長安城考古隊在西安未央區六村堡鄉相家巷的考古發現，共出土秦封泥就有三百二十五枚。〔註2〕然在此之前的 1995～1996 年間，該地即被當地農民挖掘大量封泥販售至西安、北京以及海外，據此初步估計，該遺址先後所出封泥數量應達五千枚以上。〔註3〕今就其目前考古出土秦系璽印形制風格作一考察介紹。

〔註2〕中國社會科學院考古研究所漢長安工作隊，《西安相家巷遺址秦封泥的發掘》，《考古學報》，2001 年，第四期。

〔註3〕據 1997 年 11 月陝西省博物館周天游報告，已統計的所出封泥有 4460 枚，見《封泥》，日本古市篆刻美術館，松村一德編集，1998 年。

1.〈志從〉（圖3-1）

志從（圖3-1）

1954～1957 年，陝西省西安半坡第五十一號墓出土，
〔註4〕印面尺寸爲 1.7×1.5 厘米，高 1.0 厘米，銅質鼻鈕，
印制非一般傳統方形或長形秦印，而是呈現「『」形，形制
相當特殊，印體亦相當完整，少有殘破。此印印文「志」字
結構，與陝西出土戶縣出土的秦瓦書〔註5〕、漢印〔註6〕以及
《說文解字》上的「志」字相同，與東方六國古鈢的「志」字構形有別，可
知係秦印，其印文亦有「日」字界格，採橫向布局，遷就其印制形狀，界格
無法對稱。印文則圓渾豐厚，線條樸實自然，不似秦代印文嚴整有法度，應
是春秋末至戰國初秦國私印，原定報告此墓的年代爲戰國，應屬無誤。

2.〈䐀〉（圖3-2）

䐀（圖3-2）

1971 年湖北省宜昌前坪第二十三號墓墓葬品出土，〔註7〕
此印極小，印面尺寸僅爲 1.1×0.9 厘米，銅質橋鈕，爲長形
單字璽，四周有邊欄，多殘破，中爲單字白文「䐀」，印文質
樸有韻，刀工流利，應是戰國時秦國私印。

3.〈泠賢〉（圖3-3）（圖3-4）

1975 年湖北省江陵鳳凰山第七十號秦墓出土，〔註8〕兩方皆爲玉質方形覆
斗紐私印，兩印皆有邊欄無界格，原著錄據同墓出土的兩個漆盤上刻有"二十
六" 年和"三十七"年的文字，以及其他隨葬器物的形制特點，學者考證推定
此墓應爲秦昭襄王時期。〔註9〕圖 3-3 一印印文爲正規篆文，印文風格自然率意，
線條流暢細膩，圖 3-4 一印則印文則近乎古隸，結體略與睡虎地秦簡相合，線
條圓渾樸拙，印風厚重嚴謹，印文雖相同，但風格則迥然不同。

〔註4〕陝西西安半坡戰國墓葬。《考古學報》，1957 年，第三期。《考古》1956 年，第六期。

〔註5〕袁仲一，《秦代陶文》，三秦出版社，1987 年 5 月，頁 446。

〔註6〕羅福頤，《漢印文字征》，卷十‧八，文物出版社，1978 年 9 月。

〔註7〕《考古學報》，1956 年，第二期。

〔註8〕《文物》，1978 年，第二期。

〔註9〕吳白陶，《從出土秦簡帛書看秦漢早期隸書》，《文物》，1978 年 2 期。

 冷賢（圖 3-3）　　　　　　　　 冷賢（圖 3-4）

4.〈中仁〉（圖 3-5）（圖 3-6）

1954 年四川省巴縣冬笋壩五十號墓出土，〔註10〕兩方銅質鼻紐吉語印，兩印為日字格半通印形式。圖 3-5 與圖 3-6 兩印「仁」字左右相反，於當時是相當普遍的現象，是秦漢之際文字發展尚未完全成熟時常見的布局現象，印式風格兩印類似，印文端正規整，清新俊逸，原定報告秦舉巴蜀以後，不出公元前三世紀以外，〔註11〕後經考古工作者修訂，認為應訂為秦代，〔註12〕此印印文為秦篆，應屬秦代之物無誤。

 中仁（圖 3-5）　　　　　　　　 中仁（圖 3-6）

5.〈彭祖〉（圖 3-7）〈徒唯〉（圖 3-8）

1962 年陝西省咸陽故城遺址出土，〔註 13〕兩印皆銅質鼻鈕，銅石出土遺物還有秦始皇二十六年詔版，可確知兩印為秦代私印。〈彭祖〉印 1.0×1.0 厘米，通高 0.9 厘米，為方形橫向日字界格印，印式平穩整飭，線條順暢，「彭」字「水」部簡化為三點水旁，已有隸化現象。〈徒唯〉一印，日字格半通印式，印式亦規整穩當，布局「徒」字扁平尚空，「唯」字右滿左鬆，印式巧妙自適，自有風味。

〔註10〕《考古通訊》，1955 年，第六期。《考古學報》，1958 年，第二期。《考古》，1958
　　　年，第一期。〈四川船棺葬發掘報告〉頁 66，61，126。

〔註11〕四川省博物館編《四川船棺葬發掘報告》頁 61，文物出版社 1959 年 9 月。

〔註12〕童恩正〈我國西南地區青銅戈的研究〉，《考古學報》1979 年 4 期。宋治民〈略論
　　　四川戰國秦墓的分期〉，《中國考古學會第一次會議論文集》，文物出版社，1980 年
　　　12 月。

〔註13〕《考古》，1974 年，第一期。

彭祖（圖 3-7）

徒唯（圖 3-8）

6.〈中壹〉（圖 3-9）

中壹（圖 3-9）

1975～1977 年陝西省咸陽縣黃家溝第四十一號秦墓出土，〔註 14〕半通印銅質鼻鈕，印面 1.9×1.3 厘米，橫向日字格吉語印，「中」字寫法爲秦系文字特有寫法，可確認秦印無誤，「壹」字寫法則近似大篆，原簡報據同時出土之陶罐、陶壺、陶釜和銅鏡的特點，定此墓爲戰國中期，據此推論此印應是戰國中期秦國印，印式風格樸茂古拙，渾融通圓。

7.〈蘇建〉（圖 3-10）〈王夸〉（圖 3-11）

1965～1977 年陝西省咸陽縣黃家溝第四十八號秦墓出土，〔註 15〕〈蘇建〉一印，銅質壇鈕，印面 1.5×1.5 厘米，方形邊欄私印，印文古樸遒逸，線條婉曲優雅。〈王夸〉一印，石質覆斗鈕，方形白文無邊欄私印，印面 1.5×1.5 厘米，形制於秦系印中甚爲罕見，印文線條細緻平順，風格圓轉流美。據考古資料考訂，應爲秦統一後印。

蘇建（圖 3-10）

王夸（圖 3-11）

8.〈敬事〉（圖 3-12）〈萬歲〉（圖 3-13）

1954 年四川省巴縣冬筍壩五十號墓出土，〔註 16〕兩方皆銅質壇鈕方形印制，都爲秦朱文形式吉語印。〈敬事〉一印，印文樸拙古茂，線條厚實頓挫，與

〔註 14〕　秦都咸陽考古隊，《咸陽市黃家溝戰國墓發掘簡報》，《考古與文物》，1982 年，第六期。

〔註 15〕　《考古與文物》，1982 年，第六期。

〔註 16〕　《考古通訊》，1955 年，第六期。《考古學報》，1958 年，第二期。《考古》，1958 年，第一期。《四川船棺葬發掘報告》頁 66，61，126。

〈萬歲〉一印印風有別，〈萬歲〉一印，線條細緻流暢，印文清新俊逸，兩印應是秦漢之際私印。

敬事（圖 3-12）

萬歲（圖 3-13）

9.〈富貴〉（圖 3-14）〈高〉（圖 3-15）

1954 年四川省巴縣冬筍壩五十號墓出土，〔註 17〕兩方皆銅質鼻紐，〈富貴〉一印，長形日字格半通印制，印文古拙遒勁，線條纖細俊逸，可見刀工之鋒利。〈高〉印印式方形有邊欄，線條飽滿豐厚，是滿白文布局，該墓原定報告為公元前四世紀末，即秦舉巴蜀前後，後經考古深入研究，加以修訂，認為應訂為戰國晚期，即秦舉巴蜀以後，〔註 18〕兩印字體為小篆，亦應屬秦印。

富貴（圖 3-14）

高（圖 3-15）

　　秦系璽印的研究論著在現階段，秦官印的成果比私印豐碩許多，但在秦墓中發掘出土的秦官印實物報告，與私印相較卻顯得少了許多，目前秦官印的新出土報告，幾乎以封泥為主，因為中國古代璽印中所遺存的秦代官印可說微乎其微，而漢又多承秦制，所以在秦至漢初的幾十年內，在文化上有著相當密切的承襲關係，秦印的特點亦同樣存於漢初部分璽印之中，因此造成秦漢官印界限必較模糊。2000 年 4 月，中國社會科學院考古研究所漢長安城考古工作隊在西安未央區六村堡鄉相家巷的秦咸陽渭南宮苑區北部地區遺址的考古發現，共出土秦封泥三百二十五枚，此批封泥的出土，正可彌補部份秦漢官印界限不清的疑問，細觀此批封泥，即可窺見秦官印制作的一般規律：

〔註 17〕《考古通訊》，1955 年，第六期。《考古學報》，1958 年，第二期。《考古》，1958年，第一期。《四川船棺葬發掘報告》頁 66，61，126。

〔註 18〕童恩正〈我國西南地區青銅戈的研究〉，《考古學報》1979 年 4 期。宋治民〈略論四川戰國秦墓的分期〉，《中國考古學會第一次會議論文集》，文物出版社，1980 年12 月。

一、印體多呈正方形，尺寸多為 2.4 厘米見方至 1.8 厘米見方之間，半通印尺寸則為 1.3×2.4 厘米至 1.1×1.8 厘米之間。

二、印面多有界格，方行為「田」字界格，半通印為「日」字界格，其界格較為隨意，線條也非筆直劃一。

三、印文排列順序不定，變化之多為六國古鈢及漢印所少見。

四、印文書體統一與專門化，書體多為李斯小篆，其字形略長，結體較散，線條較細，轉折處多圓轉，整齊去不板滯。

五、印文布局舒放自然，錯落有致。

此相家巷出土封泥，經考訂驗證後，可解決史籍記載甚少，或未載於史冊，或記載有誤，或史學家長期以來有所爭議者，今列舉二、三例說明：

10.〈四川大守〉（圖 3-16）

〈四川大守〉之「四川」一名，長期以來史學家多有爭議。《漢書・高帝紀》：「秦二年十月…秦泗川監平將兵圍豐。破之。…秦泗川守狀兵敗于薛。走至戚。」顏師古注引文穎曰：「泗川，今沛郡也，高祖更名沛。」此相家巷出土之封泥中發現有〈四川大守〉（圖 3-16）〈四□尉□〉（圖 3-17）兩封泥，另日人菅原石廬所藏有〈四川輕車〉（圖 3-18）一印，可相互驗證得知，泗水郡本秦之四川郡，後因有泗水之故，改為泗水郡，漢又更名為沛郡。因史書未有詳載，故後人做書僅能推測而已。「大守」一職也是同理。《漢書・百官公卿表》云：「郡守，秦官．．．景帝中二年更名太守。」但是《睡虎地秦墓竹簡》有「大守」記載，而秦時「泰」、「太」、「大」字相通，故可知「大守」其職應始於秦。

四川大守（圖 3-16）　　四□尉□（圖 3-17）　　四川輕車（圖 3-18）

11.〈樂府〉（圖 3-19）

史載漢時初設〈樂府〉之職，《漢書・禮樂志》載：「（武帝）乃立樂府，采詩夜誦，有趙、秦、楚之謳。」顏師古注：「樂府之名蓋起於此，哀帝時罷之。」不過從近年出土秦始皇陵樂府鐘「樂府」及華縣始皇詔版銅權肩部「左樂」、

「樂」，加上此次出土封泥中有〈樂府〉(圖3-19)〈樂府丞印〉(圖3-20)〈左樂丞印〉
(圖3-21) 等印，可知樂府之署秦已有之。

樂府（圖3-19）　　　樂府丞印（圖3-20）　　　左樂丞印（圖3-21）

12.〈恒山侯丞〉(圖3-22)

恒山郡又名常山郡，乃因漢人避文帝劉恒諱，改恒山為
常，但常山郡是否為秦郡，在此封泥出土之前，乃歷史懸案，
歷代學者說法不一。自班固以下，如全祖望、王國維等多以
為非秦郡，而錢大昕、譚其驤、馬非白則認為秦有常山郡，
二者各執一詞，令人難以正確判斷，現今則以確知，秦確有
常山郡，當時應名為恒山郡。

恒山侯丞（圖3-22）

13.〈圻禁丞印〉(圖3-23)

此批封泥中有〈圻禁丞印〉一印，其「圻」字應即《爾
雅》之「斥山」，亦即成山或榮成山。秦始皇出游曾來過成山，
《史記‧秦始皇本紀》載：「二十八年，史皇東行郡縣…過黃
腄，窮成山，登之眾…。」正義：「《括地志》云…成山在文
登縣西北百九十里。窮猶登，極也。」秦始皇既來至圻山，

圻禁丞印（圖3-23）

肯定會在此地設置禁苑行宮。〈圻禁丞印〉封泥的出土，正可以和《史記》上的
記載吻合，可印証《史記》上的記載無誤，是實物驗證史籍的最佳典範。

明清時期印人研究印史，常過於重視史料研究，對於實物考訂，因資料匱
乏，常因理念不同時有爭議，但伴隨新出土資料層出不窮，印人轉趨於新奇事
物之探索，史料舊意，淪胥以溺，重跡象而輕義理，然其實對研究新出土史料
而言，從前史料是印證出土實物必備條件，雖史料未必正確，但依據新出實物
的考證探索，可相互驗證其真實面貌，兩者相襯方能未有遺珠之憾，方能辨證
璽印實像。

第二節　秦國官制與秦官印之驗證

秦官的來源甚古，有的本自東周時秦官，有些爲漢所繼承，有的又爲西漢所更張改易。現階段研究秦印，可利用在現有史料中所可以發現記載的秦官制度中，跟出土秦官印或秦封泥做相對印證，進一步確認較爲可考的時代及形制。秦統一天下，也統一了中央官制《漢書‧百官公卿表》云：「秦兼天下，建皇帝之號，立百官之職，不師古。」秦王朝制定了三公九卿官制體系，奠定了中國兩千餘年封建社會職官制度的基礎，過去，學者對這一制度的研究，主要是依據《漢書‧百官公卿表》中的記載，不過該表所記，主要是漢制爲主，對於秦官制的敘述，則過於簡略，但是近年由於大量出土的秦封泥，正好提供一個相互驗證的基礎，正好彌補部份《漢表》所不足之處。據黃留珠先生所述關於《漢書‧百官公卿表》列記官名與封泥所見之比證，云：

> 「所記秦三公及諸卿（中二千石級）的百分之七十六以上，在秦封泥中可找到或其本官，或其屬官，或本官屬官俱在。其它如二千石級中央官、爵制及地方官，同樣亦可得到不同程度的印證。《百官表》獲得封泥資料如此廣泛的証實，尚不多見，這充分表明了其可靠性。」〔註19〕

官吏制度於秦有開創性的建樹，對於一個高度中央集權的體制，爲了鞏固其政權，其重要的職官，都由皇帝親決任命，組成了中央集權的官僚統治機構的核心。其在中央設有左右丞相、御史大夫、太尉、將軍、廷尉、治栗內吏、少府、博士等官。據《史記‧秦始皇本紀‧正義》所述：

> 「置郡縣，壞井田，開阡陌，不立侯王，使爲伏臘，又置丞相、太尉、御史大夫、奉常、郎中令、僕射、廷尉、典客、宗正、少尉、中尉、將作、詹事、水衡、都尉、監、守、縣令等、皆施於後主，至於隋唐。」

《漢書‧百官公卿表》亦云：

> 「相國、丞相皆秦官，金印紫綬，掌丞天子助理萬機。秦有左右…」、「御史大夫，秦官，位上卿，銀印青綬，掌副丞相。有兩

〔註19〕《秦封泥窺管》，西北大學學報，1997 年 1 期。

丞，秩千石。一曰中丞，在殿中蘭台，掌圖籍秘書，外都部刺史，

內領侍御史員十五人，受公卿奏事，舉劾按章。」

透過上面論述或可見秦在職官上的大概狀況，下則列舉數例說明：

1. 丞相、御史

胡三省《通鑑》注曰：「漢承秦制，以丞相、太尉、御史大夫為三公。」秦於中央設有丞相之職，目前出土秦封泥中可見的有〈左丞相印〉（圖3-24）〈右丞相印〉（圖3-25），據《漢書，百官公卿表》記述：「相國、丞相，皆秦官，金印紫綬，掌丞天子助理萬機。秦有左右。」《史記・秦本紀》則載，秦武王二年：「初置丞相，樗里疾、甘茂為左、右丞相。」《史記・秦始皇本紀》也提到：「三十七年十月癸丑，始皇出游。左丞相斯從，右丞相去疾守。」有此可證當為秦印無誤。另丞相之下設有〈御史之印〉（圖3-26），據《漢書・百官公卿表》云：「御史大夫，秦官，位上卿，銀印青綬，掌副丞相。有兩丞，秩千石。一曰中丞，在殿中蘭台，掌圖籍秘書，外督部刺史，內領侍御史員十五人，受公卿奏事，舉劾按章。」《漢官》云：也提到：「御史，秦官也。」依此所述亦應可確定。

左丞相印（圖3-24）　　　右丞相印（圖3-25）　　　御史之印（圖3-26）

2. 內史、丞、祝

其它出土封泥，如〈內史之印〉（圖3-27），內史是指京畿之地及主管官員，《漢書・地理志》云：「本秦京師為內史，分天下為三十六郡。」又《漢書・百官公卿表》：「內史，周官，秦因之，掌治京師。」或可確認無疑。另有〈泰醫丞印〉（圖3-28）〈郎中丞印〉（圖3-29）及〈祝印〉（圖3-30），泰醫即太醫，，亦可印證為秦印無誤「奉常，秦官，掌宗廟禮儀，有丞。景帝中六年更名太常。屬官有太樂、太祝、太宰、太史、太卜、太醫六令丞。」郎中，《漢書・百官公卿表》則謂：「郎中令，秦官，掌宮殿掖門戶，有丞。」《史記・秦始皇本紀》則提到，二世皇帝元年，趙高為郎中令。〈祝印〉則為半通印形式，與太醫同為奉常的屬

官，掌廟祭神事，《史記‧封禪書》載：「漢興，高祖悉召故秦祝官，復置太祝，如其故禮儀。」由上述史料驗證，此三方封泥亦爲秦印遺物。

內史之印（圖 3-27）　　泰醫丞印（圖 3-28）　　郎中丞印（圖 3-29）　　祝印（圖 3-30）

3. 廷尉、衛士、司馬

《漢書‧百官公卿表》中記述秦設有尉官：「廷尉，秦官，掌刑辟，有正、左右監，秩皆千石。」、「衛尉，秦官，掌宮門衛屯兵，有丞。」目前出土的秦印、封泥可供驗證的有〈廷尉之印〉（圖 3-31）及〈衛士丞印〉（圖 3-32）。廷尉，《史記‧秦始皇本紀》中則提到，秦始皇二十六年，「廷尉李斯」，而衛士爲衛尉之屬官，在《漢書‧百官公卿表》中有云：「衛尉⋯屬官有公車司馬、衛士、旅賁三令丞。」可證明爲秦官制無疑。另如〈公車司馬〉（圖 3-33）及〈公車司馬丞〉（圖 3-34）亦是。

廷尉之印（圖 3-31）　衛士丞印（圖 3-32）　公車司馬（圖 3-33）　公車司馬丞（圖 3-34）

4. 中尉、武庫、督船

中尉，亦秦官，《漢書‧百官公卿表》：「中尉，秦官，掌徼循京師，有兩丞、候、司馬、千人。武帝太初元年更名執金吾。屬官有中壘、寺互、武庫、都船四令丞。都船、武庫有三丞，中壘兩尉。又式道左右中候、候丞及左右京輔都尉、尉丞兵卒皆屬焉。初，寺互屬少府，中屬主爵，后屬中尉。自太常至執金吾，秩皆中二千石，丞皆千石。」從封泥中發現可供驗證的有，〈中尉之印〉（圖 3-35）〈武庫〉（圖 3-36）〈武庫丞印〉（圖 3-37）〈都船〉（圖 3-38）〈都船丞印〉（圖 3-39）。其中武庫、都船皆爲中尉之屬官，官階較小，或有半通印形式。

中尉之印　　　武庫　　　　武庫丞印　　　都船　　　　都船丞印
（圖3-35）　　（圖3-36）　　（圖3-37）　　（圖3-38）　　（圖3-39）

5. 郡尉、縣丞

秦自商鞅變法後，崛立圖強，於全國實行郡縣制，不過有的地區郡、縣間的隸屬關係尚不是很清楚能區分，秦統一之後，分天下爲三十六郡，後又增至四十郡，郡下轄縣，郡守縣令由朝廷統一任命，而地方上，秦國又設有郡守、郡尉、郡丞、監御史、縣令長等，縣以下有三老、嗇夫、游徼、亭長等，由《漢書·百官公卿表》記述謂：

> 「郡守，秦官，掌治其郡，秩二千石。有丞，邊郡又有長史，掌兵馬，秩皆六百石。」、「郡尉，秦官，掌佐守典武職甲卒，秩比二千石。有丞，秩皆六百石。」

又云：

> 「縣令、長，皆秦官，掌治其縣。万戶以上爲令，秩千石至六百石。減万戶爲長，秩五百石至三百石。皆有丞、尉，秩四百石至二百石，是爲長吏。」

由上述可清楚看出當時秦的郡級職官有郡侯及丞（上郡）等。郡、縣所屬官職章，如〈彭城丞印〉（圖3-40）〈任城丞印〉（圖3-41）〈利陽右尉〉（圖3-42）〈杜陽左尉〉（圖3-43）等，丞、尉又爲縣之屬官。

彭城丞印（圖3-40）　　任城丞印（圖3-41）　　利陽右尉（圖3-42）　　杜陽左尉（圖3-43）

6. 郡守、司馬、司空、郡邸

另外，太守、守、司馬、司空等，也是屬於郡級職官，《漢官舊儀》卷下謂

太守：「漢承秦郡，置太守，治民斷獄。都尉治獄，都尉治盜賊甲卒兵馬。」而司馬爲太守屬官，《漢官舊儀》卷下有云：「邊郡太守各將萬騎，行障塞烽火追虜。…置部都尉、千人、司馬、候、農都尉。」司空，秦時的少府已經設置左、右司空，地方政府的郡國縣鄉，同樣也設置司空。司空掌管營造工程，中央及郡皆有其官。出土封泥可見的有〈太原守印〉（圖3-44）〈清河大守〉（圖3-45）〈東郡司馬〉（圖3-46）〈南郡司空〉（圖3-47）等，可供驗證。

太原守印（圖3-44）　　清河大守（圖3-45）　　東郡司馬（圖3-46）　　南郡司空（圖3-47）

　　與郡級有關的，還有郡左、右邸，如封泥〈郡左邸印〉（圖3-48）〈郡右邸印〉（圖3-49），此兩方封泥與秦郡有關，且性質相近，郡邸分左右，爲典客，大行之職屬。《漢書・百官公卿表》謂：「典客，秦官，掌諸歸義蠻夷，有丞。景帝中六年更名大行令，武帝太初元年更名大鴻臚。屬官有行人、譯官、別火三令丞及郡邸長丞。」《漢官儀》卷上則謂：「秦置典客，掌諸侯及歸義蠻夷。漢因之。景帝更名大行令。」可見郡左、右邸爲秦時典客之屬官，〈郡左邸印〉、〈郡右邸印〉是爲其職官印，已可確證。

郡左邸印（圖3-48）　　　　　　　　　　郡右邸印（圖3-49）

7. 縣、鄉、亭、里之屬官

　　《漢書・百官公卿表》謂：「縣令、長，皆秦官。…大率十里一亭，亭有長；十亭一鄉，鄉有三老、有秩、嗇夫、游徼。三老掌教化；嗇夫職听訟，收賦稅；游徼徼循禁賊盜。」郡、縣以下之職官，有鄉、亭，從出土之秦印〈南鄉喪吏〉（圖3-50）〈南池里印〉（圖3-51）〈宜野鄉印〉（圖3-52）等印可以了解，另外也或許職官因地位較低，有半通印形式，像是〈左尉〉（圖3-53）〈菅里〉（圖3-54）等。而亭與鄉有無轄約關係，目前仍不清楚，但出土秦封泥中，所見亭級內容很少，

目前僅見三例，一為西安出土的〈咸陽亭印〉（圖3-55）〈咸陽亭丞〉（圖3-56），一為〈邳亭〉（圖3-57），其他則尚未見其他亭級封泥，〈咸陽亭印〉、〈咸陽亭丞〉，或因在首都，地位獨特，故有亭、亭丞封泥出土，傳世秦印中，則有〈市亭〉（圖3-58）〈都亭〉（圖3-59）兩印。

南鄉喪吏（圖3-50）　南池里印（圖3-51）　宜野鄉印（圖3-52）　左尉（圖3-53）　管里（圖3-54）

咸陽亭印（圖3-55）　咸陽亭丞（圖3-56）　邳亭（圖3-57）　市亭（圖3-58）　都亭（圖3-59）

附表　秦官職官用印職掌釋表

部　門	官　職	秩、用印	職　掌
三公	丞相府 丞相、相國 太尉 御史大夫	·金印紫綬 ·金印紫綬 ·銀印紫綬 二千石	·丞天子、助理萬執 ·掌武事 ·掌副丞相·掌圖籍秘書、外督部刺史、內領侍御史十五人、受公卿奏車、舉劾案章
九卿	奉常 郎中令 衛尉 太噗 廷尉 典客 宗正 治栗內史 少府	·銀印青綬 中兩千石 同上 同上 同上 同上 同上 同上 同上	·掌宗廟禮儀 ·掌宮殿掖門戶 ·掌宮門衛屯兵 ·掌與馬 ·掌刑辟 ·掌少數民族之事 ·掌親屬 ·掌谷貨 ·掌山海池澤之稅以給供養

中央其他官職		中尉	・銀印青綬 中兩千石	・掌徼循京師
		將作內史	同上	・掌治宮室
		詹事	同上	・掌皇太子家
		典屬國	同上	・掌少數民族之事
		內史	同上	・掌治京師
		主爵中尉	同上	・掌列侯
地方官	郡	監御史	・銀印青綬 中兩千石	・掌監軍
		郡守	同上	・掌治其郡
		郡尉	・銀印青綬 比千石	・掌佐守典武職甲卒
		郡丞	・銅印黑綬 千至六百石	・掌佐守
		長史	同上	・掌兵馬
	縣	縣令	・銅印黑綬 千至六百石	・掌治其縣，萬戶爲縣。不足萬戶爲長，丞、尉稱爲"長吏"，百石以下還有斗食、佐史、稱爲"少吏"。縣以下十里爲亭，有亭長、十亭爲鄉，有三老、嗇夫、游徼、分掌教化、聽訟、稅收、禁盜等。
		縣長	・銅印黃綬 千至六百石	
		縣丞	・銅印黃綬 四至二百石	
		縣尉	同上	

此表據徐州師院歷史系 1980 年編《歷代官制兵制科舉制表釋》修訂

第三節　秦國郡縣地理與秦系璽印關係析探

　　王人聰先生在《秦官印考述》中還提到，要了解秦印還可以經由其官制及地理沿革去了解，而研究秦地理，應考慮的兩個面向，一是未滅六國之前戰國時的秦國地域，大致是以嬴政十七年（公元前二百三十年之前）以前，二是秦併六國之後，陸續增加納入的領地。本節根據首都、郡級、縣級、鄉亭等秦地理，透過秦官印及封泥作一說明討論。

1. 咸陽

　　自西周晚期，至秦統一後六遷其都，因爲政治、民族、地理、環境因素，其版圖與首都皆未出渭水流域，在西（西垂）汧渭之會、平陽、雍、櫟陽、咸

陽等等，然秦建都咸陽乃至統一之後，秦人對故土故都並未忘懷，在出土秦封泥中也顯現了有關的情況。有關秦首都咸陽的文獻記載，《史記·秦本紀》曾提及秦孝公十二年：

> 「十年，衛鞅爲大良造，將兵圍魏 安邑，降之。十二年，作爲咸陽，築冀闕，秦徙都之。」

另《史記·秦始皇本紀》也提到：「孝公十三年，始都咸陽」。《正義》則謂：『《本紀》云：「十二年作咸陽，築冀闕」，是十三年始都之。』另外在《漢書·地理志》也談到秦都城：

> 「渭城。故咸陽，高帝元年更名新城，七年罷，屬長安，武帝元鼎三年更名渭城，有蘭池宮。」

所以我們在秦墓中常可見〈咸陽丞印〉（圖 3-60）（圖 3-61）〈咸陽工室丞〉（圖 3-62）出土封泥或秦印〈咸陽右鄉〉（圖 3-63）等，便可印證。此外，秦自定都咸陽後，歷經統一，後二世滅亡，其規模先由渭河以北，九嵕山之南開始，後又擴大至渭河以南，其規模已超過秦國時期任何一座都城，因其首都之地位，因此也不同他處，設有〈咸陽亭印〉（圖 3-64）〈咸陽亭丞〉（圖 3-65），丞則是職官名《漢書·百官公卿表》曰：「秦郡守掌治其郡，有丞、尉，掌佐守典武職甲卒；監御史掌監郡。」咸陽亭應當設有主管官吏，丞爲其副。

咸陽丞印 （圖 3-60）

咸陽丞印 （圖 3-61）

咸陽工室丞 （圖 3-62）

咸陽右鄉 （圖 3-63）

咸陽亭印 （圖 3-64）

咸陽亭丞 （圖 3-65）

2. 西縣

出土封泥〈西共丞印〉（圖 3-66）〈西鹽〉（圖 3-67），西應當指西垂，傳說中殷

周之際秦人之祖有中潏，在西戎，保西垂，《史記・秦本紀》云：「秦仲立二十
三年，死於戎。有子五人，其長者曰莊公。周宣王乃召莊公昆弟五人，與兵七
千人，使伐西戎，破之。於是復予秦仲後，及其先大駱地犬丘並有之，爲西垂
大夫。」後周平王遭犬戎之難，東徙雒邑，襄公以兵護送周平王，平王封其爲
諸侯，秦襄公於是始國。《史記・秦本紀》亦有記述：「襄公以兵送周平王。平
王封襄公爲諸侯，賜之岐以西之地。曰：“戎無道，侵奪我岐、豐之地，秦能
攻逐戎，即有其地。”」可知西即西縣，是秦故地，也是秦始封諸侯的開國之
都，〈西共丞印〉應是西縣職官印，〈西鹽〉則是西縣之鹽官，《漢書・地理志》
云：「隴西郡，秦置…有鐵官、鹽官」、「西縣有鹽官是也」，《後漢書・百官志》
亦云：「凡郡縣出鹽多都置鹽官，主鹽稅。」應可確認。

西共丞印（圖 3-66）

西鹽（圖 3-67）

3. 雍

　　另〈雝丞之印〉(圖 3-68)〈雝左樂鐘〉(圖 3-69)，也可確認爲秦地職官印，雝
即雍，《史記・秦本紀》：「武公卒，葬雍平陽。」、「德公元年，初居雍城大鄭宮。
以犧三百牢祠鄜畤。卜居雍。」可知雍之諸祠從此興，終秦一代，雍之地位都
非常重要。又據《漢書・地理志》右扶風云：「雍，秦惠公都之。有五畤，太昊、
黃帝以下祠三百三所。橐泉宮，孝公起。祈年宮，惠公起。棫陽宮，昭王起。
有鐵官。」此封泥〈雝丞之印〉之雝丞，此時當以爲雍縣卜屬之丞。而〈雝左
樂鐘〉，應是當時太樂令所屬的雍地左樂鐘官。

雝丞之印（圖 3-68）

雝左樂鐘（圖 3-69）

4. 蜀

　　另在秦統一之前，已設置若干郡治，統一之後郡縣制更成爲全國行政的骨
架，當時秦國設有上郡、參川、河間、東郡、南郡、九江、趙郡、邯鄲、遼東、

代郡、太原、四川、濟北、齊郡、臨菑、琅邪、即墨、淮陽等郡，而近年新出
土的里耶秦簡文字中，亦發現其時設有洞庭郡，並有〈洞庭司馬〉封泥殘土。
雖然現今可考秦郡的數目及名稱向無定論，但是可知的是秦郡面積要比漢郡國
大的多，不過在考證秦印上，這是一條鑑定秦系璽印的有利線索。

從目前出土秦印或封泥中可知的，如〈蜀邸倉印〉(圖3-70)〈蜀左織官〉(圖3-71)，
蜀即蜀郡，據《史記‧秦本記》、《水經‧江水注》等記載，有秦惠文王九年、
十四年置蜀郡的不同意見，但均在始皇帝之前，依《史記‧秦本記》云：「九年，
司馬錯伐蜀，滅之。…十一年，樛里疾攻魏焦，降之。敗韓岸門，斬首萬，其
將犀首走。公子通封於蜀。」《水經‧江水注》則謂：「蜀郡，因蜀國得名」，秦
惠文王十四年置，雖置郡時間不確定，但在秦惠文王即已設置是無庸置疑的。
而倉，應指主管積穀之倉的職官。織，則是主織染、繡作之官。

蜀邸倉印 (圖 3-70)

蜀左織官 (圖 3-71)

5. 邯鄲

〈邯鄲之丞〉(圖3-72)〈邯鄲造工〉(圖3-73)，邯鄲為秦時之邯鄲郡，據《漢
書‧地理志》謂：「趙國，故秦邯鄲郡。」又《史記‧秦始皇本紀，王翦列傳》
中記述：「秦始皇十九年，王翦、羌瘣盡定取趙地，趙王降，設郡。」可知邯鄲
郡為秦始皇時設郡，〈邯鄲之丞〉則據《漢書‧百官公卿表》云：「郡守，秦官，
掌治其郡，秩二千石，有丞。」邯鄲之丞應為掌邯鄲郡官吏之佐吏。造工，據
《後漢書‧百官志》載：「凡郡縣有工多者置工官。造工，秦之工官名。」邯鄲
造工即秦設於邯鄲郡之工官，應可確認無誤。

邯鄲之丞 (圖 3-72)

邯鄲造工 (圖 3-73)

6. 叁川、瑯邪

秦封泥〈叁川尉印〉(圖3-74)，叁川，亦是郡名，因境內有伊河、洛河、黃

河三川，故以得名。《史記·秦本紀》：「秦昭襄王元年，韓獻成皋、鞏，秦界至大梁，初置三川郡。」郡尉，則是武官，在《漢書·百官公卿表》中有郡尉官職。〈瑯邪侯印〉（圖 3-75）〈瑯鹽左丞〉（圖 3-76），是指瑯邪郡，春秋齊邑，《漢書·地理志》謂秦置，《水經·江水注》記云：「瑯邪，秦始皇二十六年，滅齊以爲郡。」。侯印，侯亦是武官，《漢書·百官公卿表》云：「中尉，秦官，掌徼循京師，有兩丞、侯、司馬、千人」，可知侯是中尉屬官。〈瑯鹽左丞〉則應是瑯邪郡設置之鹽官，《漢書·地理志》有載：「瑯邪郡…海曲，有鹽官。」

參川尉印（圖 3-74）

瑯邪侯印（圖 3-75）

瑯鹽左丞（圖 3-76）

7. 諸縣之地

　　郡以下則爲縣，秦設縣，可追述到秦武公時，透過史書上記載研究屬於秦設置的縣，對照秦封泥的研究，亦可印證。目前出土秦封泥中，反映縣級主管的內容較少，而反映縣名、佐丞的內容較多，另外縣級其他官職的內容也可以見到一些。如〈頻陽丞印〉（圖 3-77），《史記·秦本記》載，秦厲公二十一年，「初縣頻陽」。《元和》〔註20〕亦載云：「秦、漢頻陽之地，以縣十一里有頻山，秦厲公於山南立縣，故曰頻陽」。可知頻陽縣屬秦厲公時置縣，秦時屬內史管轄，確知此印爲秦印無誤。再者〈下邽丞印〉（圖 3-78），《元和》載：「下邽，秦武公伐邽戎置，以隴西有上邽，故此加下也。」《太平》〔註21〕謂：「下邽城再華州下邽縣東南，本秦舊縣，自漢及晉不改。」秦時亦屬內史管轄，亦可印證。

頻陽丞印（圖 3-77）

下邽丞印（圖 3-78）

〔註20〕　唐李吉甫撰《元和郡縣志》四十卷。清乾隆中敕輯，有光緒二十五年廣雅書局重編校勘本。

〔註21〕　宋樂史撰《太平寰宇記》二百卷。收在王雲五輯「叢書集成簡編一千零三十二種」套書中，依《古逸叢書》輯本景印，台北，台灣商務印書館民國五十四年刊行。

另外像是秦印〈高陵右尉〉(圖 3-79) 封泥〈藍田丞印〉(圖 3-80)，《元和》載高陵縣云：「高陵縣本秦舊縣，孝公置。」，《讀史》則謂：「本秦縣，爲佐輔督尉治，漢屬左馮翊。」而《史記‧穰侯列傳》也有提到高陵：「而（秦）昭王同母弟曰高陵君、涇陽君。」可確知此爲秦印，亦屬秦內史管轄。藍田縣則據《漢書‧地理志》載：「京兆尹有藍田縣。山出美玉，有虎侯山祠，秦孝公置也。」《戰國策》記述云：「秦取楚漢中，再戰於藍田。」又云：「子楚立，以呂不韋爲相，號曰文信侯，食藍田十二縣。」藍田秦約屬內史，可證。

高陵右尉 (圖 3-79)

藍田丞印 (圖 3-80)

〈鄧丞之印〉(圖 3-81)，《漢書‧地理志》：南陽郡有鄧縣，「故國。都尉治」，《水經‧清水》云：「西過鄧縣東，...縣，故鄧侯吾離之國也。楚文王滅之，秦以爲縣。」鄧縣秦屬南陽郡，可證。〈定陶丞印〉(圖 3-82)，《讀史》〔註 22〕謂曹州定陶縣：「州東南五十里，東至城武縣五十里，春秋時曹地，秦置定陶縣。」《史記‧項羽本紀》：「項梁起東阿，西至定陶，再破秦軍。」定陶縣，秦約屬東郡。〈東安平丞〉(圖 3-83)，《史記‧田單列傳》：『「田單走安平。」集解：「秦滅齊，改爲東安平縣，屬齊郡，以定州有安平，故加東字。」』《讀史》則謂：「城在臨淄縣東十九哩。」東安平縣秦約屬於臨淄郡又齊郡。

鄧丞之印 (圖 3-81)

定陶丞印 (圖 3-82)

東安平丞 (圖 3-83)

8. 鄉亭之地

鄉、亭爲秦郡、縣之下的基層行政組織。《漢書‧百官公卿表》記云，秦在縣以下有鄉、亭制度，謂：「大率十里一亭，亭有長，十亭一鄉，鄉有三老，有

〔註 22〕 清顧祖禹撰《讀史方輿紀要》一百三十卷附《輿圖要覽》四卷。收在王雲五輯「國學基本叢書四百種」之中，台北，台灣商務印書館民國五十六年排印刊行。

秩、嗇夫、游徼。三老掌教化，嗇夫職聽論，收賦稅。游徼循禁盜賊。縣大率
方百里，其民稠則減，稀則曠，鄉、亭亦如之，皆秦制也。」，目前出土秦封泥
中鄉級很少，而且尚難分清是秦印或漢印，目前學界比較普遍性的看法，是秦
封泥的鄉印大都沒有了邊欄、界格，印面也大小不一，這與鄉官級別較低有關。
但其文字比較活潑。字型近似小篆，字體也較小，筆劃也較爲圓轉，字跡則細
淺。而漢封泥文字則比較規整，字與漢印繆篆較爲相近，有的甚至已明顯隸化，
字型偏方扁、筆劃較爲方折，字跡比較粗深。就出土封泥中，可確認屬鄉級的
秦封泥者有，〈上東陽鄉〉（圖 3-84）〈西鄉之印〉（圖 3-85）〈臺鄉〉（圖 3-86）〈定鄉〉
（圖 3-87）等印。惟鄉、亭或許職等較低，較少史料記述，僅《漢志》有記述：「臨
淮郡有東陽縣」、「臨淄郡有臺鄉縣」…云云，但與此似無直接關係，因出土封
泥均爲秦時遺物，故亦可資列此參考。

上東陽鄉（圖 3-84）　　西鄉之印（圖 3-85）　　臺鄉（圖 3-86）　　定鄉（圖 3-87）

第四節　秦系私印及朱文印的考察

　　秦統一中國，雖然法紀森嚴，制度不紊，但是對民間所用私印，似沒有特
別的形制規定，在秦系璽印中，私印所佔的比例相當多，亦分白文和朱文兩類，
朱文的數量則遠遠少於白文。而秦代國祚甚短，僅十五年時間，所以秦系私印
主要是延續了戰國晚期的形制和風格，因此現在所謂"秦系私印"，實際上包
括戰國時期的秦國和統一以後的秦代私印，甚至還有一些是屬於西漢初期的私
印。所以一般學者論及此類印，只稱作"秦私印"或"秦系私印"，而不稱作
"秦代私印"。歷來學者對秦印的辨識，大致也都是著眼於白文印而對於朱文
印較持保留態度，若談到朱文秦印亦多以尺寸較大者爲主，而較少提及小印。
這個觀點可以在許多印譜的編排上可以看出。同時，一般古璽印的相關通論著
作，也很少提到朱文秦印，特別是小方印。這主要是因爲考古及流傳下來的秦
印中，白文印跟朱文印呈懸殊的比例有關，但秦朱文一般爲民間私印較多，流
傳不似官印來的廣泛，亦是原因之一。

一、秦系白文私印

目前秦系私印散見於各家譜錄中，數量之多，不可勝計。如陳介棋《十鐘山房印舉》之三的 1～17 冊，收錄爲數甚多有欄有格的白文印，標爲“周秦”，實際上多是戰國時期至西漢初期的秦系私印。而可確定爲秦系私印的主要依據有兩個特點，一是普遍使用邊欄和界格，二是幾乎都是白文爲主，而較少朱文私印。秦系私印印式方面形制多樣，一般作長方形半通印形式，也有作圓形、橢圓形、長方橫式。多爲鑿印，鑄印極少，一般多 2 厘米見方至 1.4 厘米見方之間大小，其格式多樣，古勁蒼秀，有自然風趣之美。

1. 文字形體

對於存世大量的秦系私印，我們目前只能依據其文字的形態和風格特徵，對其時代的先後作一些大概的推測：

（1）採用古籀文字入印的，其風格面貌近於東方六國古璽，以筆畫的參差錯落爲其主要特徵，這類印大體上屬於戰國時期的秦國私璽。風格疏密對比強烈而又和諧，方圓映襯，抑中見巧，誇張而風趣，形成極爲清亮的韻律。如〈趙衷〉（圖 3-88）〈韓窯〉（圖 3-89）〈遂疢〉（圖 3-90）〈王觭〉（圖 3-91）〈趙御〉（圖 3-92）等。

趙衷（圖 3-88）　　韓窯（圖 3-89）　　遂疢（圖 3-90）　　王觭（圖 3-91）　　趙御（圖 3-92）

（2）文字形態近於小篆，結體趨於整飭，風格近於秦半通官印的，則可能爲秦代所制作。印面生動活潑而又平易可親的俏趣，點畫溫潤妍逸，也饒富筆意。筆畫的曲直斜止，文字的敧側迎讓，極具巧思而又不顯刻意造作，質樸無華，然活潑與嫻雅兼而有之。如〈焦得〉（圖 3-93）〈令狐皋〉（圖 3-94）〈賈祿〉（圖 3-95）〈李清〉（圖 3-96）〈王益〉（圖 3-97）等。

焦得（圖 3-93）　　令狐皋（圖 3-94）　　賈祿（圖 3-95）　　李清（圖 3-96）　　王益（圖 3-97）

（3）文字近於漢代的繆篆，結體平正，章法飽滿的，則可能爲秦漢之際的私印。採用方筆，但不似漢印那樣四不八穩，通過文字形體的巧妙變化安排，形成疏密有致、動靜相宜的體勢，平整自適，也是獨具匠心的安排。如〈周澤〉（圖3-98）〈楊屛〉（圖3-99）〈張圉〉（圖3-100）〈楊柏〉（圖3-101）〈張啓方〉（圖3-102）等。

周澤（圖3-98） 　楊屛（圖3-99） 　張圉（圖3-100） 　楊柏（圖3-101） 　張啓方（圖3-102）

王獻唐論漢代印章發展變化的規律時，認爲：「大抵與秦代近者，時代則早，以次遞變平整，愈平整充滿者愈晚。」〔註23〕其實，用這個方法來衡量秦私印，同樣是可適用的，而且其遞變的軌跡可能較之漢印更爲明顯。當然，一代印風的嬗變，自有一個漸進的過程，其間不同風格的交融與滲透，情況是極爲複雜的，我們仍不能單純依據這種印風的規律變化的總體走向，對秦私印的時代劃分作出確切的判別。

秦私印在形制上相較於秦官印，秦私印較沒有一種固定的標準。與官印相較之下，更多的呈現出印文風格和治印形式的多樣性，甚至包括材質上也有些許不同，秦代官印皆是銅印爲主，而秦私印則有相當多屬非金屬質地者，或玉或石。在秦系私印中，銅印類型者往往有邊欄及界格，印文也偏於厚重、遒勁，顯現較爲端莊沉穩，由〈利紀〉（圖3-103）〈趙游〉（圖3-104）二印可見一般。非金屬材質者，像是玉印、石印的類型則印文多顯露一種或隨意自然、或溫麗婉轉的基調，如〈趙衷〉（圖3-105）〈王大于〉（圖3-106）二印。

利紀（圖3-103） 　　趙游（圖3-104） 　　趙衷（圖3-105） 　　王大于（圖3-106）

〔註23〕 見《五燈精舍印話・印鈕與文字》。

2. 印面構成

秦系私印的印面構圖特徵，可從其界格、邊欄、字形排列等方向來看。秦系私印的印面形狀，有方形、長方形、扁方形、圓形、橢圓形、特殊形等多種，其中方形和長方形所占的比例數最大。秦系私印在布局時和戰國時期其他系的鈐印一樣，很講究邊框和欄格的裝飾作用，但是秦系私印對於界格的運用，則別具特色，變化度相當豐富精采，往往不是制式地均分印面，而是根據印而文字的繁簡與筆畫的展促，作大小不等的分界，縮簡讓繁，使印面生動活潑而文字布局安詳妥適。還有一些印面的界格打破常規，出奇造險並且能妙得其體，得自然逸趣，現就印面形狀作一簡單探討：

（1）方形印面，有其界格形式，像是標準田字格印，如〈子廚私印〉（圖 3-107）也有配合其字形筆劃調整其界格間距，形成錯落的田字界格，如〈奠祭尊印〉（圖 3-108），還有吉語印〈慎言敬愿〉（圖 3-109）一印，其田字格形制中有一菱形界格，為此類印數量不多，相當罕見，是一特別形制。另有印面文字數字為三字的姓名私印，其界格配合其數字佈局，印面界格成 ╓、╞、╥、╤ 形狀，如〈王中山〉（圖 3-110）〈上官果〉（圖 3-111）〈公孫齮〉（圖 3-112）〈王去疾〉（圖 3-113）等印。再者印面文字數為二者，則界格成日字形或僅有邊欄而內無界格，惟日字界格者則有直向及橫向界格二種，如〈王嬰〉（圖 3-114）〈日駔〉（圖 3-115）〈呂陰〉（圖 3-116）等印。

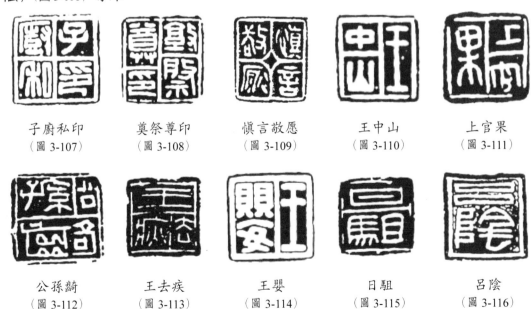

子廚私印	奠祭尊印	慎言敬愿	王中山	上官果
（圖 3-107）	（圖 3-108）	（圖 3-109）	（圖 3-110）	（圖 3-111）

公孫齮	王去疾	王嬰	日駔	呂陰
（圖 3-112）	（圖 3-113）	（圖 3-114）	（圖 3-115）	（圖 3-116）

（2）長行印面，即所謂半通印形式的秦私印，一般採所謂日字格，亦有直向及橫向界格二種，如〈蘇産〉（圖3-117）〈陳雍〉（圖3-118）等姓名印，但也有採邊欄無界格、直向及橫向形式出現的，如〈和數〉（圖3-119）〈李池〉（圖3-120）等印。但在三字印時，則呈現相當多樣的表現方式，有印面界格成⊥、⊤形狀，像是姓名印〈令狐皋〉（圖3-121）〈王毋人〉（圖3-122）等印，也有採目字形界格，如〈任醜夫〉（圖3-123），亦有邊欄無界格，或是日字界格，但是姓氏佈局時單獨爲一格，名子二字則單獨爲一格，像是〈馮雲吾〉（圖3-124）〈杜□臣〉（圖3-125）兩印，此外四字印，則採一般田字格或有邊欄無界格形式，如吉語印〈敬長愼官〉（圖3-126）姓名印〈宋譊之印〉（圖3-127）。

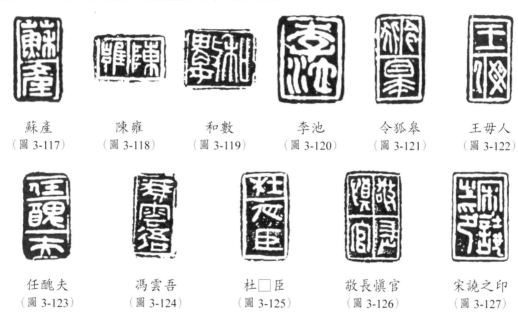

蘇産	陳雍	和數	李池	令狐皋	王毋人
（圖 3-117）	（圖 3-118）	（圖 3-119）	（圖 3-120）	（圖 3-121）	（圖 3-122）

任醜夫	馮雲吾	杜□臣	敬長愼官	宋譊之印
（圖 3-123）	（圖 3-124）	（圖 3-125）	（圖 3-126）	（圖 3-127）

（3）圓形印面，在秦私印中，較常見到的形式就是於圓形邊欄中左右均分或上下均分的的界格形式，像是〈公宣〉（圖3-128）〈王央〉（圖3-129）二印，但是也有相當多的有邊欄而中無界格或無邊欄僅中間一垂直中線界格的形式印章，像是〈王虧〉（圖3-130）〈司馬□〉（圖3-131），再者就是有邊欄但因字數關係，界格形式成丫字型或倒丫字型，還有⊣、⊢形狀者，如〈慶□印〉（圖3-132）〈趙癸印〉（圖3-133）〈江棄疾〉（圖3-134）〈公耳異〉（圖3-135）等印，另外還有一些相當特殊形制的圓形私印，像是無邊欄中爲錯落十字界格的〈上官越人〉（圖3-136）有邊欄中爲工字型界格的〈享佗〉（圖3-137）有邊欄中爲口字型界格的〈犢〉（圖3-138）以及中有垂直中線界格但有一白文一朱文雙線邊欄等印，都可顯現出秦系私印不同於官印的特點，〈王駬〉（圖3-139）與〈田□〉

（圖3-140）則是在於〈王駔〉採平行界格，但右邊直線因配合「駔」字「且」部字形的縮小，呈現轉折而非直線的線條，〈田□〉則是直接界格採曲線，將之田字圍繞包覆，也是相當特殊的形制，是相當活潑而非制式的規範。另有〈秦湯〉（圖3-141）一印，印式也是相當特殊，為雙線邊欄，一白一朱，中有界格，也是相當罕見。

公宣（圖3-128）　王央（圖3-129）　王虧（圖3-130）　司馬□（圖3-131）　慶□印（圖3-132）

趙癸印（圖3-133）　　江棄疾（圖3-134）　　公耳具（圖3-135）　　上官越人（圖3-136）

享佗（圖3-137）　　犢（圖3-138）　　王駔（圖3-139）　　田□（圖3-140）　　秦湯（圖3-141）

（4）橢圓形印面，由於發現存世數量並不多，形制上自然變化就不如圓形私印面貌多樣，就目前可考資料整理，有幾種形式，一為有邊欄日字界格形式，如〈姚鄭〉（圖3-142）〈楊贏〉（圖3-143）等印，一為有邊欄無界格形式，如〈宋嬰〉（圖3-144）〈徒得〉（圖3-145）等印，再者為有邊欄，中為凸形界格，應該也是遷就字數所產生的形制，如〈上官宙〉（圖3-146）〈淳于心〉（圖3-147），另外還有〈茅熙〉（圖3-148）一印，是為無邊欄僅中間一橫線界格，是目前僅見的一方。

姚鄭（圖3-142）　　楊贏（圖3-143）　　宋嬰（圖3-144）　　徒得（圖3-145）

上官宙（圖3-146）　　　　　　淳于心（圖3-147）　　　　　　茅熙（圖3-148）

（5）特殊形印面，〈志從〉（圖3-149），此種欄格布局前所未見，為日字格基本型，但是印章整體形制呈現『形，此曲尺狀私印，於西安半坡村戰國墓葬M51號墓出土，原報告定此墓的年代為戰國〔註24〕，從形制而論，當屬秦印無誤。而〈遺〉（圖3-150）這方印，則是半通印形式，其最大不同之處在於單字印採日字格形制，上格中置一"遺'字，於下格內採一馬狀肖形，以填滿其界內空白處，亦是較為較罕見的表現形式。〈賈安〉（圖3-151）則是印章外形直接呈現心形，也是僅此一例。〈歐昫閣〉（圖3-152）為方形有邊欄私印，惟中間界格形制特殊，採近似倒丫線條作為區格，也是特例。

志從（圖3-149）　　遺（圖3-150）　　賈安（圖3-151）　　歐昫閣（圖3-152）

從上述比較驗證得知秦印的邊欄界格形制上，可以明顯看出，是因其文字的繁簡、筆劃的多寡體勢及刻匠的布白經營而異，無特定等分比例，且私印風格多變，並無特殊規範，似乎全憑個人喜好治印，不如官印嚴謹，但是在整體風格表現上，卻相對比官印更具藝術魅力。

二、秦系朱文印

1. 官印

現今出土發現及傳世印譜可見的秦系朱文印，數量相當少，且民間私印數量較多，官印朱文則較少見，目前可知的秦系朱文官印，有〈王兵戎器〉（圖3-153）〈咸郎里驕〉（圖3-154）〈咸陵園相〉（圖3-155）等。〈王兵戎器〉是少見的傳世秦系朱文官印，銅質、鼻紐，依據璽文內容"王兵戎器"推斷，應是秦國王室用璽，

〔註24〕陝西西安半坡戰國墓葬。《考古學報》1957年第3期。

爲緘封或標識王室兵器的印記，在器物上標示印記，於戰國時「物勒工名」是官方相當普遍的風氣，其印制是成菱形，佈局頗爲奇特，虛和空靈，是戰國時期璽印形制多樣化的體現，印文大篆爲主，線條粗細不一，然非依文字筆畫多寡於畫面安排，而是隨意安排，快意自適，可見自然樸拙，風流清雅之感。至於〈咸郦里驕〉、〈咸陵園相〉，是無界格朱文印，雖然目前無出土資料，但是與秦都咸陽遺址與秦兵馬俑出土的印陶，〈咸郦里駔〉（圖3-156）可互爲對應，從同在一瓦上的印陶“某地某工師之器”，可判斷，應是製陶中所使用之印記。有些研究學者將此類印歸爲私印，但這些印章形制碩大，且有分某地、某工、某人，一方面方便辨識與監督，另一方面顯然有標示性質作用，此種情況不僅限於秦地，其他地域的工匠也常於器皿的某個位置打蓋或烙上印記，因此，此類印章具有官印性質，而非純粹的私印。從其印文風格來說，〈咸郦里驕〉布局雖無邊欄，但尙屬平穩，文字線條纖細蒼勁，質古樸茂。〈咸陵園相〉此印，一印二風“咸園”二字風格流麗俊逸，小篆遺韻“陵相”二字，謹嚴厚實，有隸書風味，不似傳統璽印，非鑄即刻，此印似有書風。

王兵戎器（圖3-153）　　咸郦里驕（圖3-154）　　咸陵園相（圖3-155）　　咸郦里駔（圖3-156）

　　另有〈軍市〉（圖3-157）〈市亭〉（圖3-158）〈市器〉（圖3-159）〈寺工〉（圖3-160）朱文印，皆爲長方形印式，也是可知的秦系官印，秦代在都城咸陽及他縣邑均設有“市”的官署，其職責是管理市場和商品的生產，〈軍市〉是爲秦專門設於軍中市所用之印，此印印式體積較一般秦官半通印形制大，甚爲少見，印文線條較爲古拙，醇古氣韻清晰可感，印面邊欄皆有殘損，有其斑瀾天眞之逸趣。〈市亭〉應爲鄉、亭管理市場之職官印，就其半通印形制，本當職級較低官吏者使用，秦印文風格布局線條略爲厚實，但清朗雅致，「高」字「口」部以倒三角點呈現，強化整體排列視覺重心，使印面穩定均衡，呈現平和祥穆的面貌。〈市器〉則當爲生產及販售器物之市場職官印，其印風極爲精緻俊麗，雖右邊欄線條略顯豐厚，但更顯印面文字線條之輕捷，得其巧勁質韻，筆畫更顯遒勁暢達。至於〈寺工〉一印，秦爲官署名，主兵器、車馬器、日用銅器等製造的機構，其

職雖未見記載，但近年考古發掘的〈寺工矛〉、〈寺工師初壺〉、〈十五年寺工鈹〉等物均有"寺工"銘文，是可證也，另有出土秦封泥〈寺工之印〉（圖3-161）〈寺工丞印〉（圖3-162）亦可確認。〈寺工〉此印，形制與一般秦印最大差異，乃無邊欄界格，僅以二字呈現，少了印風，卻有書韻，雖僅二字，畫面呈現卻似三字，乃因伸縮文字所佔空間，交錯盤疊，得其靈動巧思。

軍市（圖3-157）　　　市亭（圖3-158）　　　市器（圖3-159）

寺工（圖3-160）　　　寺工之印（圖3-161）　　　寺工丞印（圖3-162）

2. 私印

　　在秦私印方面，形式較多，有姓名印，亦有吉語印，不過吉語印的所指實際上泛化的，印文內容包含吉語、箴語、誓約和訓誡之類，因此也稱成語印或詞語印，但是在朱文印方面，目前尚未見朱文姓名私璽，可見的都是吉語印，像是〈孝弟〉（圖3-163）〈敬事〉（圖3-164）〈思事〉（圖3-165）等，此類朱文印多是成批鑄造的，且大量製造同一種或意思相近的吉語印，在市面上販售，與同一時期的銅鏡、錢幣的製作方式如出一徹，就其形制而言〈孝弟〉、〈敬事〉二印其近似於古鉨印形式，惟古鉨多寬邊細朱文，此二印則邊與印文線條粗細幾乎相同，且印文線條多方直少圓轉，印風較爲嚴謹整飭。另〈思事〉此印則將二字拆成四字，平均布於田字格內，極其罕見的布局形式，線條相當纖細流暢，印風俊逸清新，甚是秀美卓麗。

孝弟（圖3-163）　　　敬事（圖3-164）　　　思事（圖3-165）

　　另外如〈日敬毋治〉（圖 3-166）（圖 3-167）（圖 3-168）〈毋治〉（圖 3-169）〈云子思士〉（圖 3-170）〈忠仁忠士〉（圖 3-171）〈正行治士〉（圖 3-172）〈忠心治喜〉（圖 3-173）〈宜士和眾〉（圖 3-174）等印，都是常可見到的秦系吉語印，然風格亦各有特色，同樣〈日敬毋治〉，（圖）則古樸遒逸，（圖）則採十字界格布局，婉通典雅，（圖）則較為輕約婉轉，各有其趣；而〈毋治〉、〈云子思士〉、〈忠仁忠士〉三印，〈毋治〉印風較為方直嚴謹，〈云子思士〉則清新婉約，〈忠仁忠士〉乃樸拙意醇，但三者邊欄皆有殘破，或經土花斑剝，或匠心獨運，其味亦呈現封泥遺韻。、〈忠心治喜〉、〈宜士和眾〉等印，則形制上雖然相同，皆細邊細朱文為主要形制，但其中巧妙亦各有不同，〈正行治士〉布局平穩規矩，求其穩當，印風祥穆雅致，〈忠心治喜〉則布局結構較為鬆散，但有其自然逸趣，活潑不造作，〈宜士和眾〉則採印文與邊欄銜接的佈局方式，整體印面有其強化作用，印風較為淳厚，體態圓滿舒朗，三印各具風格巧思。

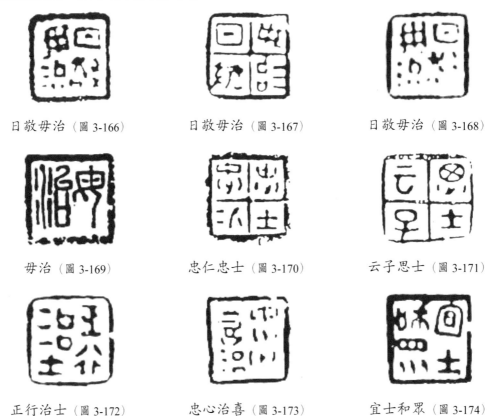

日敬毋治（圖 3-166）　　　　日敬毋治（圖 3-167）　　　　日敬毋治（圖 3-168）

毋治（圖 3-169）　　　　忠仁忠士（圖 3-170）　　　　云子思士（圖 3-171）

正行治士（圖 3-172）　　　　忠心治喜（圖 3-173）　　　　宜士和眾（圖 3-174）

　　在從另一個角度來看，秦吉語印屬非官印性質，因此在形制上和印文風格上本就保留較多先秦的遺風，風格多變活潑，較不受既有形制規範，如〈賜璽〉（圖 3-175）〈萬歲〉（圖 3-176）（圖 3-177）〈平士〉（圖 3-178）〈上〉（圖 3-179）〈千〉（圖 3-180）

等。其中〈賜璽〉一印，因秦統一後，除皇帝稱璽外，其餘皆稱印不稱璽，而此印尚稱“璽”而不避諱，自可斷定爲先秦之物，其邊欄極爲方正厚實，但有殘損，有封泥味，印文較似古鈢，線條流暢俊逸，風姿卓麗。〈萬歲〉兩印，印文相同，印風卻大異其趣，（圖3-176）印文線條纖細輕捷，流暢清新，（圖3-177）則方實厚重，緊斂直拙，呈現不同氣韻。至於〈平士〉、〈上〉、〈千〉則印風印文一致，皆樸實豐茂，體態自如，但印制上，一爲日形格，一爲方形單字璽，一爲長形單字璽，是其差異。

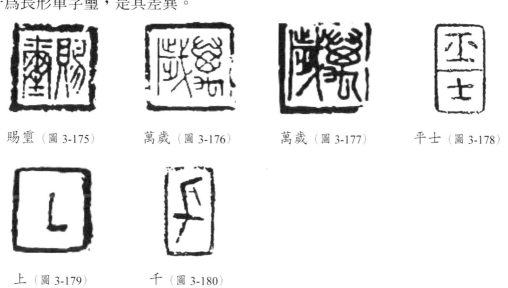

賜璽（圖3-175）　　萬歲（圖3-176）　　萬歲（圖3-177）　　平士（圖3-178）

上（圖3-179）　　千（圖3-180）

　　秦系私印的藝術價值極高，並以風格多樣、包容性大爲其重要特色。它幾乎包含了從戰國古鈢到漢初印章這個衍變過程中所有的藝術創作手段，而且秦系印章的風格特徵，一般說來，上層官吏的印較爲規範雅正，而下層官吏的印章，則往往顯得不夠規範，甚至有些草率。愈接近民間則愈不規範，因而創作自由度愈大.愈見生動活潑，自在多情，而愈有天眞爛漫的藝術魅力。秦系私印展現出來的正是這種近於天籟而又富有情致的藝術風貌。從藝術創作的繼承和借鑒的角度來看，秦系私印所蘊藏的藝術內涵，較之秦系官印更爲豐富多彩，從藝術欣賞的角度來看，秦系私印較之秦系官印也更具魅力，更能讓人怦然心動。

第四章　秦印印式與字形研究

　　秦系文字〔註1〕的發展，主要承襲殷周古文，風格與戰國各系文字殊多差異，較之六國文字的雄健奔逸或敧正迭運均有所異，顯得較爲樸拙威嚴，愈趨整齊規矩。有謂漢字的字形漸由繁化簡，其轉變或因戰國時期戰事紛紜，案牘繁浩，書寫需求快速簡潔，文字的簡化，勢所難免，是時七雄各域均有此狀，實爲漢字發展史上的重要時期。不過秦在發展時以宗周故地爲根據發展，地處西陲，與東方各國的隔離使之在文化發展上較爲保守〔註2〕，演變到了戰國，逐漸產生地域性「文字異形」的現象，也因此秦文字便產生其特有的面貌，不與六國全同，但之後秦併六國，統一文字，定小篆體爲官方使用之標準文字，之後又爲西漢所繼承，發展成爲漢隸，文字一脈相承。

　　關於篆隸之變，晉衛恆說：「隸書者，篆之捷也。」〔註3〕清沈曾植云：「隸者，篆之行也。」隸書從篆書的基礎上蛻變而來，它改小篆圓轉的筆畫爲方折，結構較小篆簡易而舒展，體勢也從縱式長方逐漸轉化爲橫式扁方。隸書對篆書進一步的整理簡化後，使字形逐漸脫離象形的意味，轉而趨向純粹符號形式的意念表徵，這個篆隸文字演變、定型的過程叫做"隸變"，是漢文

〔註1〕　本文所稱「秦系文字」，範圍包括東周時期的秦國以及秦代、漢代初期的文字。

〔註2〕　《史記、秦本紀》：「秦僻在雍州，不與中國諸侯之會盟，夷翟遇之。」

〔註3〕　《四體書勢》，見《歷代書法論文選》，15頁，上海，上海書畫出版社，1979。

字發展史上一大變革。這樣的變革，在戰國中晚期秦國兵器銘文中，就已經出現，在近年出土的秦簡牘墨跡中，亦可得到驗證，今則從秦系璽印中，對此秦文字中「同時混雜」、「局部性而緩慢」的變異現象，做進一步的研究及探查。

第一節　秦印的印式特色與文字風格析探

秦系文字的發展，主要承襲西周籀文，風格與戰國各系文字殊多差異，較之六國文字均有所異，而其金石文字則顯得較爲樸拙威嚴，愈趨整齊規矩，其印文統一生動，章法多有界格，文字排列多變，刀法則勁健挺拔，直至西漢，承襲秦制，但用途更爲廣泛，因與實用緊密結合，更具強大生命力，形式上也變的多種多樣，治印技巧更爲精良精湛，在文字結體處理上變化豐富，章法上團聚氣脈貫串，氣勢雄渾，精神飽滿，自出新意。今就秦印與承襲關係之西漢及東漢印式特色與文字風格作一淺析。

一、印式特色

在印式上而言，秦官印絕大部分爲白文，且有邊欄與界格，方形印中有「田」字界格，通常爲官位較高者使用，如〈中司馬印〉(圖4-1)〈南海司空〉(圖4-2)；長方印有直式或橫式「日」字格（習稱半通印），爲低級官吏所使用，如〈邦侯〉(圖4-3)〈厩印〉(圖4-4)。秦治印上一般多爲鑿刻，少翻鑄，形制大小一般多爲2.3厘米見方，亦有2厘米見方的，這都被認爲是秦系璽印的主要特點。再者，秦系官印雖有田字格印式，不過在六國白文官鉨中，也有部分印式是相同的，但是都用「鉨」字而不用「璽」字、「印」字，有明顯的特徵區別，如楚系官印〈連尹之鉨〉(圖4-5)〈計官之鉨〉(圖4-6)〈造府之鉨〉(圖4-7)以及齊系官印〈鄆市師鉨〉(圖4-8)等印，不過在齊系古鉨雖有田字格者，惟不多見，而楚系古鉨中有田字格的則爲數較多。但是秦官印則全採此種形式，是秦官印的定制，也因此其印文布局上就不如古鉨活潑多變，不過在排列上卻有相當多的變化，除正常的上下右左次序安排，如〈右司空印〉(圖4-9)，還有如〈法丘左尉〉(圖4-10)〈咸陽右鄉〉(圖4-11)〈南宮尙浴〉(圖4-12)等印的交錯排列次序，其變化是其他古鉨少見的。

秦國官璽

中司馬印（圖4-1）　　　南海司空（圖4-2）　　　邦侯（圖4-3）　　　　廄印（圖4-4）

楚國官璽　　　　　　　　　　　　　　　　　　　　　　　　　　齊國官璽

連尹之鉨（圖4-5）　　計官之鉨（圖4-6）　　造府之鉨（圖4-7）　　鄣市師鉨（圖4-8）

右司空印（圖4-9）　　法丘左尉（圖4-10）　　咸陽右鄉（圖4-11）　　南宮尚浴（圖4-12）

3	1
4	2

2	1
4	3

3	1
2	4

1	3
4	2

　　漢印承襲秦制，不僅在印章的表現形式上，在印章使用的制度方面，也都深受秦的影響。西漢初期（約西元前206年～188年）沿用秦官制度，印面分為田字格或日字格，但印文普遍比秦印規矩，筆劃端正，多方折嚴謹，像是〈文帝行璽〉（圖4-13）〈右夫人璽〉（圖4-14）〈帝印〉（圖4-15）〈泰子〉（圖4-16）等印，後至景帝、高后時期（約西元前187年～141年）印面已不假界格，逐漸擺脫秦印影想，印文結體緊密嚴整，筆畫取圓勢，有的尚遺秦篆遺風，如〈皇后之璽〉（圖4-17）〈淮陽王璽〉（圖4-18）〈校尉之印〉（圖4-19）〈校司馬印〉（圖4-20）等印，武帝後（約西元前140年～49年）印章字體已擺脫秦篆圓轉體態，呈現方正剛博，雄健飽滿，布局平勻剛勁，筆劃渾厚有力，氣勢磅礡的風格，像是〈騎司馬印〉（圖4-21）〈護軍印章〉（圖4-22）等。

文帝行璽 (圖4-13)　　右夫人璽 (圖4-14)　　帝印 (圖4-15)　　泰子 (圖4-16)

皇后之璽 (圖4-17)　　　淮陽王璽 (圖4-18)　　　校尉之印 (圖4-19)

校司馬印 (圖4-20)　　　騎司馬印 (圖4-21)　　　護軍印章 (圖4-22)

　　東漢時期印章與西漢中期以後印章無明顯區別，尤其是低級縣令、屬官以下的職官更難斷代。製作方式仍有鑄有鑿，鑄印作圓筆較少，呈方筆較多，沉重穩健，像是〈長安令印〉(圖4-23)〈房子長印〉(圖4-24)〈穀成令印〉(圖4-25) 等印。鑿印雖不及鑄印規矩整齊，但用刀明顯有力度，結體能稍破疏密勻稱，有自然風致，如〈南深澤尉〉(圖4-26)〈城平令印〉(圖4-27)〈蕃令之印〉(圖4-28) 等印。另有印有鑄有鑿，可能鑄印時，不盡人意，故再以修刀改鑿完成。其鑄處略顯渾圓，其鑿處刀痕清楚，既有鑄印之穩健，又具鑿印之勁挺鋒利，像是〈新陽長印〉(圖4-29)〈九原丞印〉(圖4-30)〈新野令印〉(圖4-31) 等印。

長安令印 (圖4-23)　　　房子長印 (圖4-24)　　　穀成令印 (圖4-25)

南深澤尉（圖4-26）

城平令印（圖4-27）

蕃令之印（圖4-28）

新陽長印（圖4-29）

九原丞印（圖4-30）

新野令印（圖4-31）

二、文字風格

秦印印風面貌再統一中仍多樣變化，除了書風及製作時所產生的不同風韻之外，在秦印的文字本身，也有相當大的特色。秦系文字與東方六國文字皆出殷周古文，不過秦在發展時以宗周故地爲根據發展，地處西陲，與東方各國的隔離使之在文化發展上較爲保守〔註4〕，演變到了戰國，逐漸產生地域性「文字異形」的現象，也因此秦印文字便產生其特有的面貌，不與六國全同，之後文字又爲西漢所繼承。不過，經過長時間的使用，到了東漢時期，印文形體已逐漸產生變化，雖差異性並不一定相當大，但是仍可從中發覺不同之處。今天學術界研究文字發展的過程，基本上對六國文字與秦文字已經可以明確區分，因此通常分成兩部份來論述，而對於秦代與漢代來說，因有其承襲延續關係，則常一併論述。但是對於文字本身的差異，卻是作爲斷代研究相當重要的一項立論依據，因此秦文字本身的演化，在秦漢印文中所呈現的面貌，在璽印發展的研究中，也是相當重要的。

1、以「印」字爲例，秦印「印」字，字末收筆時仍保有篆意古法，通常作轉折下曳或帶短尾，如「㠭」，西漢初期尚延續此法，不過中期後筆末已漸不作下曳的姿態，到東漢時期，其「印」字收尾已成平穩直線，不再轉折下曳，呈「㠭」，是相當明顯的改變。

〔註4〕 《史記、秦本紀》：「秦僻在雍州，不與中國諸侯之會盟，夷翟遇之。」

印	秦				西漢				東漢			
	1	2	3	4	9	10	11	12	17	18	19	20
	5	6	7	8	13	14	15	16	21	22	23	24

2、「令」字在秦官印中，目前較少出現，不過私印中尚可發現，惟篆書、古隸寫法皆有，字形圓轉，若以篆字字形爲主，則末筆同「印」字末筆，皆作下曳的姿態，但所從「亼」字旁，則全呈三筆連接成三角的「△」形；西漢「令」字在官印中則皆以平正體勢呈現，字形轉圓爲方，「亼」字頭也呈「△」，而下部「卩」之末筆初期亦呈轉折下曳，中期折筆漸少，東漢則已無，不過東漢時期「亼」字旁則出現「△」形，相當特殊。

令	秦				西漢				東漢			
	25	26	27	28	29	30	31	32	37	38	39	40
					33	34	35	36	41	23	18	

3、「丞」字的字形，所從的「丄」部，《說文解字》從「山」部，在秦印中作「♛」形，形體較爲圓滿肥厚，西漢時則出現「山」，也有作「凵」，但線條明顯較爲瘦長方直，東漢以後漸不作「山」字形，而呈現出「丄」之狀，有漢代隸書體勢，應是文字演化過程中，簡化其較爲繁複筆畫的做法所衍生的情形。

丞	秦				西漢				東漢			
	42	43	44	45	49	50	51	52	57	58	59	60
	46	47	48		53	54	55	56	61	62	63	64

4、「長」字的寫法，在秦印和西漢、東漢的差別，就明顯有相當大的變化，目前在秦印中，「長」字及「長」字偏旁的「張」字，小篆跟隸變體都佔有相當的數量跟比例，所從之「匕」大致上可以分爲「山」形、「山」及「ㄥ」形等多種寫法。西漢時「長」字印文則呈現比較統一性的寫法，顯示出文字發展趨於安定，但寫法仍因襲秦代寫法，所從之「匕」也都作「山」形或「山」形，與秦相似，到了東漢，「長」字「匕」基本形態有所變化，作「止」形或「山」形，其寫法筆順有相當幅度的改變，是比較明顯的區別。

	秦				西漢				東漢			
長												
	65	66	67	68	73	74	75	76	81	82	83	84
	69	70	71	72	77	78	79	80	85	86	87	18

5、「之」字的寫法，秦印中保留較多宗周大籀的原味，呈現較多圓轉的體態，線條也較爲肥厚，字形則是左右較爲對稱，兩邊線條連結呈接近「U」字形，或右邊筆畫直線下垂呈 90 度轉角；西漢則呈現較多細長筆意，字形特點則爲左起一筆，圓轉作向右下灣，如「乚」形，右起一筆則方折往上仰，作「J」狀，兩筆銜接處呈上下交錯不連接；東漢時期，「之」字則多爲方直線條，左右兩筆皆方折往上，銜接處位於中間筆畫相同或接近的地方。

	秦				西漢				東漢			
之												
	47	88	89	90	93	94	95	96	101	102	103	104
	91	92	46		97	98	99	100	105	106	107	108

6、「尉」字，所從的「火」部，秦印文中呈現爲「火」形，中間「人」與上部「二」連結，呈「灬」形，這在秦印中是相當普遍性的寫法；西漢時仍作

「火」形，但是「人」字不再出頭，改為「公」，與上部「二」所呈現的關係則已經分離不再連接，成為「兀」形；東漢之後，更形簡化，所從「火」部之中間部位已經不作「人」字旁，改為「止」之狀，與上部「二」之關係，則延續西漢用字方法，仍不連結，以方便書寫為原則而簡化。

	秦				西漢				東漢			
之												
	109	110	111	112	14	15	117	118	123	124	125	126
	113	114	115	116	119	120	121	122	127	128	129	130

7、「相」字，在秦官印中較少發現，目前多為私印或吉語印。在私印中所從「目」字偏旁，線條多為細長，形體則呈扁長方形；吉語印「相」字，則呈現較多籀文體勢，線條多肥厚圓轉，偏旁「目」字保留較多象形意味，呈「目」形；西漢時「相」字所從之「目」字偏旁則多正長方，體勢較為工整，少數印文「目」字上部尖出，如「目」形；東漢「相」字則在「目」部上方有一突起的方筆，也是一大特徵。

	秦				西漢				東漢			
相												
	131	132	133	134	139	140	141	142	144	145	146	147
	135	136	137	138	143	35			148	149		

此外，除以上所述幾個常見字形外，其他像是「守」字或「國」字等其他字形，雖說目前因出土實物可供考察字形較少，不過其演進過程的脈絡尚有軌跡可循，另外像是單一部首或偏旁的轉變，也是有相當多可供驗證的。而這些字形在不同時期所衍生的不同寫法，就目前學術研究上，除本身的藝術成就之外，在史學上來說，也是相當重要的斷代依據。但是在作為畫分朝代依據的同

時，雖可指出其大致區別，相對的也必須考慮其彼此之間所存在的承繼關係，
也就是說，當文字本身有其延續傳承的時代背景時，兩代之間其風格體勢就會
相互影響，因此初期就不容易看出之間的區別，就像西漢初期，官印形制就沿
襲秦官印，都採田字格，像是〈文帝行璽〉、〈右夫人璽〉等印一般，而西漢末
期與東漢前期，亦是如此，反之時代相隔時間越久，文字所映現當代的風貌越
多，所產生時代的獨特性質也相對增強，因此所舉上述例子的相對差異也就越
加明顯，這一點則可以說是確定不會改變的。

表一、印文檢索（說明：本表編號即為本段印文統一之編號）

1 宜陽津印（秦）	2 中司馬印（秦）	3 脩武庫印（秦）	4 安民正印（秦）
5 右司空印（秦）	6 右司空印（秦）	7 官田臣印（秦）	8 昌武君印（秦）
9 帝印（西漢）	10 裨將軍印（西漢）	11 裨將軍印（西漢）	12 護軍印章（西漢）
13 偏將軍印章（西漢）	14 校尉之印（西漢）	15 校尉之印（西漢）	16 騎司馬印（西漢）

17 房子長印（東漢）　18 長安令印（東漢）　19 蕃令之印（東漢）　20 千人都印（東漢）

21 假司馬印（東漢）　22 頻陽令印（東漢）　23 梁父令印（東漢）　24 騎都之印（東漢）

25 令狐得之（秦）　26 令狐寅（秦）　27 令狐臣（秦）　28 令狐皋（秦）

29 五原車令（西漢）　30 輕車令印（西漢）　31 左校令印（西漢）　32 狼邪令印（西漢）

33 安陵令印（西漢）　34 渭成令印（西漢）　35 相令之印（西漢）　36 丞令之印（西漢）

37 陽陵令印（東漢）　38 城平令印（東漢）　39 亢父令印（東漢）　40 外黃令印（東漢）

41 東武令印（東漢）	42 㫃郎廚丞（秦）	43 琅鹽左丞（秦）	44 白水弋丞（秦）
45 代馬丞印（秦）	46 字丞之印（秦）	47 雒丞之印（秦）	48 彭城丞印（秦）
49 票軍庫丞（西漢）	50 趙太子丞（西漢）	51 西安丞印（西漢）	52 舞陽丞印（西漢）
53 海鹽右丞（西漢）	54 弋居丞印（西漢）	55 郎槐丞印（西漢）	56 靈州丞印（西漢）
57 沱陽家丞（東漢）	58 鐘壽丞印（東漢）	59 日陵廄印（東漢）	南陽守印 60（東漢）
61 九原丞印（東漢）	62 大鴻臚丞（東漢）	63 太醫丞印（東漢）	64 順陵園丞（東漢）

65 長夷涇橋（秦）	66 長平鄉印（秦）	67 長安君（秦）	68 杜長（秦）
69 閭枝長左（秦）	70 胡長（秦）	71 張利（秦）	72 張章（秦）
73 大將長史（西漢）	74 新陽長印（西漢）	75 阿陽長印（西漢）	76 柜長之印（西漢）
77 新鄭邑長（西漢）	78 高樂長印（西漢）	79 武進長印（西漢）	80 方除長印（西漢）
81 吳房長印（東漢）	82 海陵長印（東漢）	83 平安長印（東漢）	84 新陽長印（東漢）
85 離石長印（東漢）	86 長安市印（東漢）	87 長社侯印（東漢）	88 工施之印（秦）

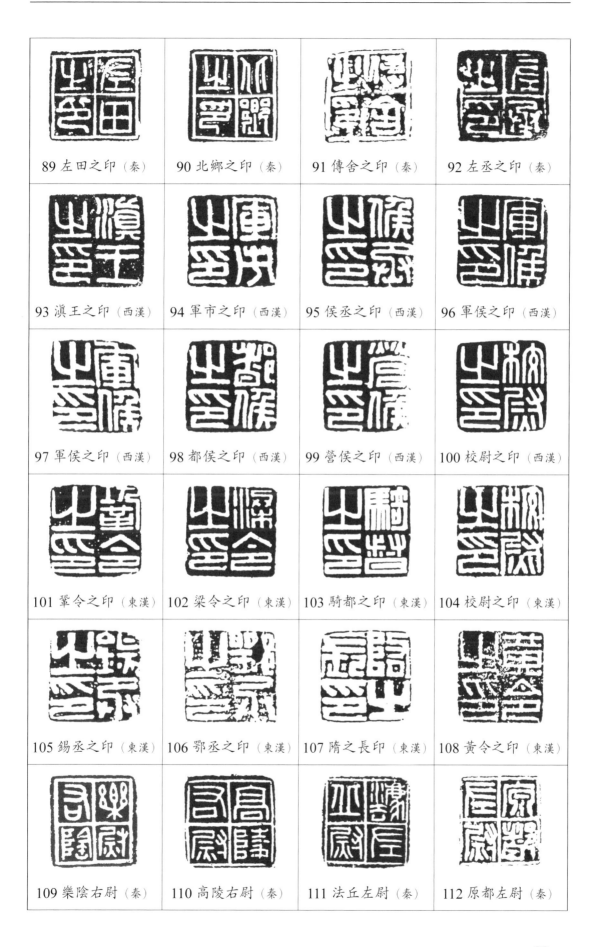

89 左田之印（秦）	90 北鄉之印（秦）	91 傳舍之印（秦）	92 左丞之印（秦）
93 滇王之印（西漢）	94 軍市之印（西漢）	95 侯丞之印（西漢）	96 軍侯之印（西漢）
97 軍侯之印（西漢）	98 都侯之印（西漢）	99 營侯之印（西漢）	100 校尉之印（西漢）
101 鞏令之印（東漢）	102 梁令之印（東漢）	103 騎都之印（東漢）	104 校尉之印（東漢）
105 錫丞之印（東漢）	106 鄂丞之印（東漢）	107 隋之長印（東漢）	108 黃令之印（東漢）
109 樂陰右尉（秦）	110 高陵右尉（秦）	111 法丘左尉（秦）	112 原都左尉（秦）

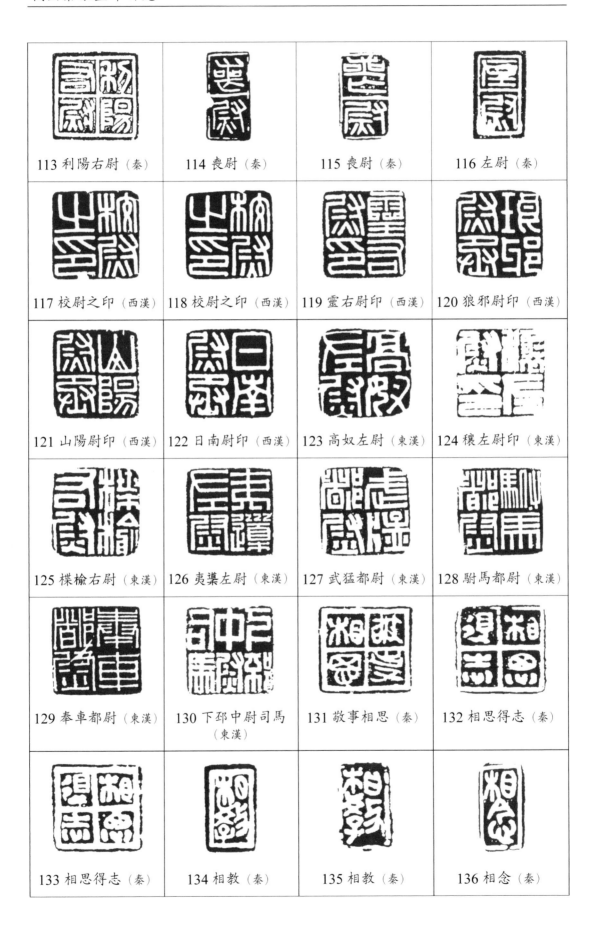

113 利陽右尉（秦）　　114 喪尉（秦）　　115 喪尉（秦）　　116 左尉（秦）

117 校尉之印（西漢）　118 校尉之印（西漢）　119 靈右尉印（西漢）　120 狼邪尉印（西漢）

121 山陽尉印（西漢）　122 日南尉印（西漢）　123 高奴左尉（東漢）　124 穰左尉印（東漢）

125 楪榆右尉（東漢）　126 夷漠左尉（東漢）　127 武猛都尉（東漢）　128 駙馬都尉（東漢）

129 奉車都尉（東漢）　130 下邳中尉司馬（東漢）　131 敬事相思（秦）　132 相思得志（秦）

133 相思得志（秦）　　134 相教（秦）　　135 相教（秦）　　136 相念（秦）

137 相思（秦）	138 趙相如印（秦）	139 平昌侯相（西漢）	140 江都相印（西漢）
141 湘成侯相（西漢）	142 長沙丞相（西漢）	143 陽樂侯相（西漢）	144 隃麋侯相（東漢）
145 秉德侯相（東漢）	146 長社侯相（東漢）	147 琅邪相印章（東漢）	148 蠡國吾相（東漢）
149 河池侯相（東漢）			

三、田字格官印的年代下限

　　田字格印是古代璽印界格印中的一種，是指在方形印的印面上畫有田字形界格，印文分佈在每一字格中的璽印。這形式的璽印最早見於戰國時期秦國、楚國和齊國的官印中。到了秦代，田字格盛行，成為秦官印普遍通用的形式，且一直沿用到西漢初期。在前面論述中談到，漢初仍沿用秦官制度，因此如何去界定秦或漢印，是有一定程度的困難。雖然西漢初期只有一小部份官印是沿用田字格，但由於秦和西漢官印印文所用的字體都是以小篆為主，所以秦和西漢初期的田字格官印一般是很不容易區分的。到目前為止，研究古璽印的學者對秦漢田字格官印研究所取得的認知，主要是將未能明確的歸納出秦和西漢田

字格官印的璽印，在一般情況下，通常將這一時期的田字格官印籠統的畫爲秦至漢初。再者，認爲田字格官印流行的年代下限，最晚只到漢初，武帝以後已不再出現，持有這種見解的學者亦爲數甚多，王獻唐就曾言：

> 「大抵漢代官印，初期尚沿秦制，時有闌界，今世頗有傳留。武帝既定五字之制，界字不便，勢須更張，更以求顯之故，並闌去之，故以後官印，例無闌嗣界，其有闌界而爲漢製者，皆初期物也。」

〔註5〕

羅福頤也認爲：

> 「西漢官印……其初期仍有沿秦制，印文上加田字格的……這類印傳世不多，可見是漢初製作，不久即廢其制」〔註6〕

另外趙超在談到西漢田字格官印時，認爲西漢早期可能仍殘存有一些使用田字格形制的官印，但在西漢早期，田字格形制已逐漸消失，並談到：「田字格印章不會晚至武帝時期」〔註7〕。另外，葉其峯也持相同論點，認爲：

> 「西漢用界格印的時間很短，從遺存封泥考察，孝惠末期已不再鐫刻此類印章」〔註8〕

根據目前考古資料已知的，西漢田字格官印除廣州象崗山西漢南越王墓出土的〈文帝行璽〉（圖4-32）以及廣西賀縣金鐘一號瀚墓出土的〈右夫人印〉（圖4-33）兩方外，還有〈帝印〉（圖4-34）〈泰子〉（圖4-35）兩方，是目前可確認文西漢初期田字格形制官印，其餘則尚須經過考證，佐以史料驗證，方能確認是否爲漢初璽印。

文帝行璽（圖4-32）　　　　　　　　　　右夫人璽（圖4-33）

〔註5〕王獻唐《五鐙精舍印話》，276頁，齊魯出版社，1985年4月版。

〔註6〕羅福頤：《古璽印概論》50頁，文物出版社，1981年12月版。

〔註7〕葉其峯〈試談幾方秦代田字格印及有關問題〉，《考古與文物》，1982年6期。

〔註8〕葉其峯：〈西漢官印叢考〉，《故宮博物院院刊》，1986年1期。

帝印（圖 4-34）　　　　　泰子（圖 4-35）

皇后之璽（圖 4-36）

不過漢代已經形成比較完整的官印制度，而這制度是在秦制基礎上逐漸補充、完善，它代表的是漢印成熟標誌，根據文獻記載及對遺存實物的考察，可歸納幾點：

（一）等級制度。大致可分六個等級，每個等級官吏使用的官印均有若干差別。一等，帝后印，特點爲白玉質螭虎鈕，稱璽，像是〈皇后之璽〉（圖 4-36）。二等，王印，特點爲金質龜鈕，亦稱璽，如〈右夫人璽〉。三等，列侯、丞相、大將軍、太子印，特點文金質龜鈕，稱印或章，如〈泰子〉。四等，秩級中二千石，二千石印，特點銀質龜鈕，稱印或章。五等，秩級千石以下至二百石印，特點銅質鼻鈕，稱印。六等，秩級二百石以下小官印，特點銅質，半通印鼻鈕。

（二）管理與使用制度。規定皇帝用印有六種，即所謂「乘輿六璽」：皇帝行璽、皇帝之璽、皇帝信璽、天子行璽、天子之璽、天子信璽。每枚御璽均有明確的使用範圍。另一枚秦始皇傳國璽，則被視爲代表皇權的鎮國之寶，藏而不用。漢制規定每一皇帝即位都要舉行隆重的授印儀式，皇帝受璽後始合法。其他官吏授印也有儀式，在管理上也和戰國時一樣，隨身佩帶，遷官或官在任上死亡必須將官印上繳或移交。

（三）隨葬官印制度。西漢封官印隨葬控制甚嚴，死後可以隨葬實用官印的，僅限於皇太后、皇大太后、皇后和皇帝特別寵信的大臣。東漢略寬，「侯王、列侯、始封貴人、公主薨」也「皆贈印綬」。至於其他任官印信，當然也是不可用於隨葬的。

（四）用字及鐫刻制度。規定官印字體爲摹印篆。通官印一般四字，稱印，西漢武帝太初元年規定秩中二千石及二千石官印用五字，稱章。新莽官印用字數量與兩漢又不盡相同，其官印均五字或六字以上，而無四字印。

對於已經形成的官印制度的執行，兩漢不同時期有寬鬆的差別。但是，西漢中後期，即武帝以後，基本是按照上述制度製作官印和進行管理的。現今傳世的西漢田字格官印，都是一般印譜所著錄的傳世品和封泥，數量一般來說也較少，加上這些資料並非考古出土，在年代的斷定上往往不易作確實判斷，因此也很難斷定是秦或漢初官印。以下列舉幾方根據地名、官制的考訂、字體特點，大致可推斷其年代的西漢官印及封泥，作爲探討。

 上林郎池	據《漢書‧百官公卿表》所述，少府屬官有「上林十池監」，《三輔黃圖》則謂，「上林苑武帝建元三年開」《三輔黃圖》卷四也提到：「漢上林苑，即秦之舊苑也。」，《漢書》云：「武帝建元三年開上林苑」、「上林苑有初池、麋池、牛手池....西坡池、郎池，皆在城南上林苑中。」，應可確認上林郎池應是西漢時期璽印。
 蒼梧侯丞	《漢書‧地理志》：「蒼梧郡，武帝元鼎六年開。」蒼梧郡在西漢時爲邊郡，西漢邊郡設有都尉及其屬官如千人、司馬、侯等，《漢舊儀》中提到：「邊郡...置部都尉、千人、司馬、侯、農都尉，皆不治民」。《漢書‧楊雄傳》引其所著《解嘲》云：「東南一尉，西北一侯」，此候即指邊郡之侯官。印文侯丞，是指侯官的屬吏，居延漢簡中記載亦有侯丞，像是"肩水候丞更得敢言之都尉府"及"侯丞定國始元四年十月庚寅除"，均可做爲此印的參証。因此依《地理志》所引述的蒼梧郡，是武帝元鼎六年開，則此印的年代自當是在武帝元鼎六年之後，應可確證。

信平侯印

信平侯，秦時未見史料記載，始見《史記・高祖功臣侯者年表》記：「（高祖）十一年正月丙辰，平侯杜恬元年」。《索隱》：「案，位次曰信平侯」。《漢書・高惠高后文功臣表》載：「長修平侯杜恬，三月丙戌封，四年薨。位次曰信平侯。」《補注》：「先謙曰：信平即新平，淮陽縣。」又，《史表》宣平侯欄高后朝一格載：「信平薨。子偃為魯王，國除。」據此我們則是可以確定的，即信平侯是漢高帝時期所頒賜的封爵，是為漢印無誤。

浙江都水

浙江，水名。《史記・秦始皇本紀》記述：「三十七年十月癸丑，始皇出游…過丹陽，至錢唐。臨浙江，水波惡，乃西百二十里從狹中渡。」王國維亦云：「浙江即今之錢塘江」。而都水，為管理水利之官職。依據《漢書・百官公卿表》所述西漢中央官署如太常、司農、少府、水衡都尉以及三輔的屬官中均有都水官。《通典・職官九》云：「秦漢又有都水長丞，主陂池灌溉，保守河渠，自太常、少府及三輔等，皆有其官。」西漢時期，除中央一些官署及三輔設有都水官外，在郡國亦設有都水官，《百官公卿表》大司農條有云：「又郡國諸倉、農監、都水六十五官長丞皆屬。」再者，此印印鈕屬蛇紐，年代應屬漢初，當是漢初時在會稽郡所設都水官署所用之印。

宜禁春丞

宜春，苑名。秦時已有宜春苑，《史記・秦始皇本紀》記云：趙高「以黔首葬二世杜南宜春苑中」。漢代亦設有宜春苑，《三輔黃圖》曰：「宜春下苑，在京城東南隅。」《漢書・元帝紀》則謂：「初元二年，詔罷黃門乘輿狗馬，水衡禁圃，宜春下苑。」師古則謂：「宜春下苑，即今京城東南隅曲江池是。」禁，系禁圃的簡稱，《漢書・百官公卿表》中記述：「水衡都尉，武帝

元鼎二年初置，掌上林苑，有五丞，屬官有上林、均輸、御羞、禁圃、輯濯、鍾官、技巧、六廄、辯銅九官令丞」。有此可知禁圃是水衡都尉的屬官，其長官爲令及丞。《漢印文字徵》著錄中收錄有"宜春禁印"，應是宜春禁圃官署所用的公章。此印署爲"宜春禁丞"則是宜春禁圃吏員所用之職官印。依據上述《百官公卿表》云，水衡都尉是武帝元鼎二年初置，《百官公卿表》記述其屬官時，又云：「初，御羞、上林、衡官及鑄錢，皆屬少府。」其中未提及禁圃，則禁圃應是元鼎二年以後才設置之職官，因此此印年代亦當在此之間，其上限應不會早於武帝元鼎二年。

衡印園邑

園邑，《漢書・外戚傳》：「追尊（薄）太后父爲靈文侯，會稽郡改園邑三百家，長丞以下，使守寢廟，上食，祠如法」。又，「薄太后迺詔有司追封竇后父爲安成侯，母曰安成夫人，令清河置園邑二百家，長丞奉守此靈文園法」。園邑有長丞官吏在管理，當亦有官署，此印不署長丞職名，應是官署所用的公職章。由此字體觀察，應是漢初之物。〔註9〕

新城丞印

《漢書・地理志》云：「渭城，故咸陽，高帝元年，更名新城，七年罷，屬長安，武帝元鼎三年更名渭城。」據此推定，可知新城是高帝元年至七年之間的地名，此印的年代自然也就可斷定在這一時期。

〔註9〕此印印文在陳直其所著《漢書新證》中讀做作"衡園邑印"，並云：「即戾太子傳所稱之戾園長丞。」安作璋、熊鐵基所著《秦漢官制史稿》讀此印文與陳直相同，亦謂：「即戾太子邑園印。」但依據《漢書・戾太子傳》：「故皇太子諡曰戾，置奉邑二百家。史良娣曰戾夫人，置守冢三十家，園置長丞，周衛奉守如法。以湖閿鄉邪里聚爲戾園，長安白亭東爲戾后園」。由傳文所述，可知戾太子之陵園名爲戾園，與此印文不合，此印非戾太子之園印。又，據《漢書・外戚傳》記載，宣帝立，改葬衛后，追諡曰思后，則其陵園當名思園，也與此印不合。衛園不見史籍記載，無考。

潦東守印

印文中"潦"字通遼。《漢書‧地理志》：「遼東郡，秦置，屬幽州。」《補注》引全祖望說法曰：「楚漢之際屬燕國，尋分屬遼東國，六月復故。高帝六年屬漢仍屬燕國，景帝後以邊郡收。」此封泥印文官名署"守"字，據《漢書‧百官公卿表》載：「郡守，秦官，掌治其郡，秩二千石。」由上述應可推論得知是當時遼東郡郡守的官印封泥。

九江守印

《漢書‧地理志》云：「九江郡秦置。楚漢之際屬黥布之淮南國。」《史記‧黥布傳》記述：「漢六年，布逐破符為淮南王，都六，九江、盧江、衡山、豫章郡皆屬布。後黥布反，被誅，歸劉長之淮南國。」《史記‧淮南王傳》也提到，文帝十六年，立「阜陵侯安為淮南王，安陽侯勃為衡山王，陽周侯賜為盧江王，皆復得屬王時地，參分之」，武帝元狩元年，淮南王安謀反，被誅，「國除為九江郡」。由上所述，可知西漢時九江郡在文帝六年以前，先後屬黥布及劉長之淮南國，文帝六年至十六年之間屬漢。此封泥印文署"守"字，即是郡守。據《漢書‧百官公卿表》：「郡守…景帝中二年更名太守」，是知此封泥之年代皆在景帝中二年更改郡守官名以前，又由上述九江郡之沿革，也可進一步推論得知應是文帝十六年以前之物。

城陽侯印

侯是為侯官，城陽，《漢書‧地理志》無城陽郡，但《漢書‧高帝紀》中有云：六年春正月，「以膠東、膠西、臨淄、濟北、博陽、城陽郡七十三縣立子肥為齊王。」《漢書‧高五王傳》也提到：「齊王獻城陽郡以尊公主為王太后」，又說：「文帝元年，盡以高后時所割齊之城陽、琅邪、濟南郡復予齊」。由此可知城陽為高帝及文帝時齊王所領的支郡，此封泥當是此時期之物。

西漢田字格官印，依上述幾位學者的看法，多出現在初期，即高帝至文景之間。至於確切絕跡的時間當在武帝太初元年以後。依據《史記・孝武本紀》：

> 「夏，漢改歷，以正月爲歲首，而色上黃，官名更印章以五字，爲
> 太初元年」。

《集解》則云：

> 『張晏曰：漢據土德，土數五，故用五爲印文也。若丞相曰「丞相
> 之印章」，諸卿及守相印文不足五字者，以「之」足也。』

《漢書・孝武紀》及《郊祈志》所記載的亦同，但由於兩千石以上的官印印文用五字，若是印面仍作田字格，便不好安排，所以田字格勢必廢除。若從傳世西漢田字格官印及封泥中，還未發現可以斷定爲武帝太初以後的實物這一點來看，應該是可以確定的。這樣的情形，說明了田字格印在西漢初期只是作爲前代殘餘的風格形式出現，在西漢官印中只佔有極小比例，換句話說，田字格官印所代表的是秦官印風格及特徵，而西漢官印受其影響的只是一小部份，並不能成爲西漢時期官印的代表風格，不過，對於田字格印章形式的下限年代，也是我們在研究秦官印時應該注意的。

第二節　秦印文字字形隸化現象析探

秦文字在發展過程中，受到當時政治經濟和社會環境的影響，有相當嚴格的分工制度及時代演進的特點，東漢許愼就在其《說文解字》自敘中，記述了漢代人的看法，認爲秦代有八種書體，所謂：

> 「自爾秦書有八體：一曰大篆，二曰小篆，三曰刻符、四曰蟲書、
> 五曰摹印、六曰署書、七曰殳書、八曰隸書。」

文中所說的「大篆」就是「籀文」〔註10〕，與「小篆」、「隸書」應該是指不同時代的文字，三者之間應是同一書體文字在不同時期的名稱，雖然其中有些差異性，不過是因時代演進所自然產生的演變；「刻符」則是專用於符信上的

〔註10〕《說文解字・敘》云：「及宣王太史籀著大篆十五篇」，《漢書・藝文志》記"史籀十五篇"注曰「周宣王太史作大篆十五篇」。可知「大篆」是指源自西周的古形文字，並非秦代使用的文字。

篆書，是古代取信之物。《周禮・秋官・小行人》言：「達天下六節，門關用符節，以竹爲之。」《漢書・文帝紀》言：「九月，初與郡守爲銅虎符、竹使符。」像是戰國時楚國有依竹形鑄造作爲信物的〈鄂君啓節〉，秦亦有鑄成虎形的秦代〈陽陵虎符〉、秦國〈杜虎符〉，所見文字都是篆文，並無字體上的差異，被列爲一體係指其用途而言。「蟲書」，《漢書・藝文志》唐顔古師注曰：「蟲書，謂爲蟲鳥之形，所以書幡〔註11〕信也。」是指筆道屈曲回繞狀如蟲形的變體篆書，或稱鳥蟲書，設計的目的可能是爲貴族專用的裝飾文字，是在篆書結構上發展出來的一種圖案化書體字。「摹印」又稱爲「摹印篆」。《說文解字・敘》謂新莽時「五曰繆篆，所以摹印也。」段氏注：「摹，規也，規度印之大小、字之多少而刻之。」，可見是爲璽印所專用的一種設計規矩化字體。「署書」，目前尚不知所指，段玉裁注云：「木部曰，檢者，書署也。凡一切封檢題字，皆曰署，題榜亦曰署。冊部曰，扁者，署也，從戶、冊。」除了這些根據之外，難以找到額外的資料及線索，但若爲封檢題字，亦僅指稱其用途，則應無字體差異，故難以推想這種書體的面貌。另外「殳書」段玉裁注云：「蕭子良曰：殳者，伯氏之職也；古者文旣記笏，武亦書殳。按言殳，以包凡兵器題識，不必專謂殳。漢之剛卯，亦殳書之類。」，故此「殳書」應爲專銘於兵器之上的書體，是題識鑄造或刻寫的金文，傳世所見是時銘兵文字亦均爲篆文，可見此亦指文字用途而言。

　　由以上析述可知，漢代人雖說「秦書八體」，然就使用範圍來說容或有所差異，只不過「刻符」、「蟲書」、「摹印」、「署書」、「殳書」都只是針對不同材質或用途所美化、設計後所改良應用的字體，應該都是篆文，從上述《說文解字・敘》段玉裁所注中，對此或許可以說明；至於「大篆」、「小篆」、「隸書」應是西周、秦代及漢代，字體於不同時代，一體型態漸變，逐漸改易形成不同面貌，因而稱謂不同罷了，若說秦代時官方正式且普遍使用的，當以「小篆」爲主要通用字體。

〔註11〕　《說文解字・敘》段玉裁注“蟲書”云：「新莽六體有鳥蟲書，所以書幡信也。此蟲書即書幡信者。」又注“鳥蟲書”云：「幡，當作旛，漢人俗字以幡爲之。書旛謂書旗幟，書信謂書符節。上文（秦書八體）四曰蟲書，此（新莽六書）曰鳥蟲書，謂其或像鳥，或像蟲，鳥亦稱羽蟲也。」

　　秦國早期尚未稱王立國之時所使用的文字是承自西周大篆而來的，原本是西周官方通用文字，周宣王時史官籀所著《史籀篇》十五篇〔註12〕，作為學童識字書，後為秦及東方六國所繼承。現存秦系文字書跡有鐘鼎金文及石刻文字，最早的秦系相關文字資料是〈不其簋〉〔註13〕（約 BC820）（圖4-37），乃西周王朝主政時製器，所記為周宣王時秦莊公破西戎有功，受賜此器以頌其功績，此器蓋銘文風格，與同期的西周銅器〈虢季子白盤〉（約 BC816）（圖4-38），文字風格無太大差別，惟〈不其簋〉字形較為圓轉方正，〈虢季子白盤〉字形則顯的瘦長尖細，應屬早期秦系文字發展的繼承時期。

銘文字形	釋文
	孫
	作
	寶
	戎

不其簋（約宣王 8 年 BC820）
（圖 4-37）

虢季子白盤（約宣王 12 年 BC816）（圖 4-38）

銘文字形	釋文
	孫
	作
	寶
	戎

　　之後，在春秋初期的秦國銅器〈秦公作寶用鼎〉（約 BC777～766）（圖4-39）〈秦公作鑄用鼎〉（約 BC765～716）（圖4-40）〈秦公作寶簋〉（約 BC777～766）（圖4-41）等，銘文風格與〈虢季子白盤〉風格則更為相近，文字傳承意味相當明顯；再者，〈秦公作寶用鼎〉、〈秦公作寶簋〉的「秦」字寫法，與西周共王時期的〈師酉簋〉（圖4-42）的「秦」字寫法亦相雷同，字形中都從「臼」字作「[圖]」形，這種寫法一直到秦襄公時都仍沿用，晚期「秦」字寫法則多省「臼」字，作「[圖]」形，漸朝小篆字形發展。此外春秋時期尚有〈秦公簋〉（BC659～621

〔註12〕清段玉裁《說文解字注》在 “籀” 字之下注為：「周宣王時大史以為名，因以名所著大篆曰籀文。迄今學者絕少佑其本義者，故於讀下籀書改為誦書。」

〔註13〕李學勤〈秦國文物的新認識〉，《文物》1980 年第 9 期，頁 25～31。

或 BC576～537）（圖4-43）及〈秦公鐘〉（BC697～678）（圖4-44）〔註14〕等，其銅器銘文與西周金文〈毛公鼎〉（圖4-45）（BC827～782）〈師望鼎〉（BC968～942）（圖 4-46）等相比較，也可以明顯看出是一脈相承，與〈不其簋〉銘文字形也相類似，即使是在字形結構上，〈秦公簋〉、〈秦公鐘〉仍然傳襲著如〈毛公鼎〉、〈師望鼎〉一般，文字構形均呈現自然活潑的趣味。

　　其他像是春秋晚期的〈秦公大墓石磬〉（約 BC573）（圖4-47）刻石、複刻本戰國時期的〈詛楚文〉〔註15〕（約 BC312）（圖4-48）刻石，其字體與〈秦公簋〉、〈秦公鐘〉（約 BC576～537 或 659～621）文字類似，可證明也是大篆體系的延續，與後世刊行本許慎《說文解字》中篆文相較，亦是屬於同一類構形，但是許氏《說文解字》完成於東漢年間，距秦亡時已過三百多年，字形已有部份變異訛誤，雖然今日已未能獲見許書原稿手書篆文形跡，僅有唐人抄本墨跡可資參閱，但仍可看到受到秦文字影響。

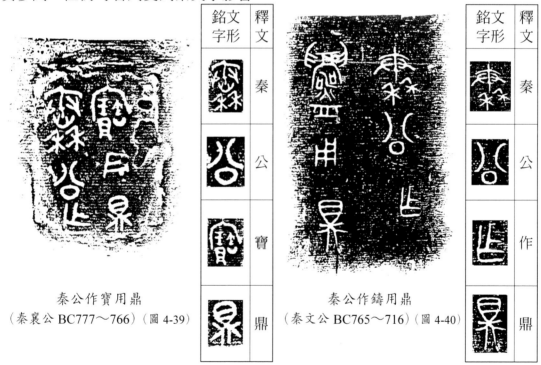

銘文字形	釋文
	秦
	公
	寶
	鼎

秦公作寶用鼎
（秦襄公 BC777～766）（圖4-39）

銘文字形	釋文
	秦
	公
	作
	鼎

秦公作鑄用鼎
（秦文公 BC765～716）（圖4-40）

〔註14〕〈陝西寶雞縣太公廟村發現秦公鐘、秦公鎛〉，《文物》1978 年第 11 期，頁 1～5。

〔註15〕姜亮夫〈秦詛楚文考釋〉，《楚辭學論文集》，1984 年上海古籍出版社，頁 159～195謂：「三石皆在元豐間（1078～1085）出土」，原是戰國中晚期楚國攻打秦國時，秦王命宗祝向神靈禱告，祈求降於楚師的詛咒文。此文一式多份，爲神名各異。南宋時原石亡佚，僅剩拓本之複刻本流傳，在書法研究的「書跡」考察上，參考的價值較弱。

秦公作寶簋（秦襄公BC777～766）
（圖4-41）

釋文	銘文字形
秦	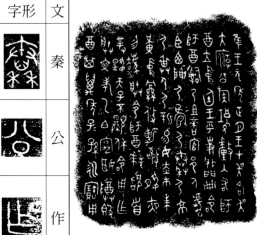
公	
作	
寶	

師酉簋（西周恭王元年BC968）
（圖4-42）

釋文	銘文字形
秦	
公	
作	
寶	

秦公簋（秦景公BC576～537或
659～621）（圖4-43）

釋文	銘文字形
公	
子	
命	
皇	

秦公鐘（秦武公BC697～678）
（圖4-44）

釋文	銘文字形
公	
子	
命	
皇	

毛公鼎（西周宣王 BC827～782）
（圖 4-45）

釋文	銘文字形
公	
子	
命	
皇	

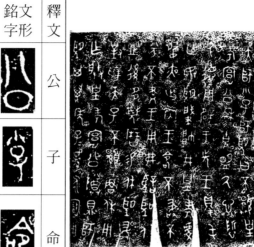

師望鼎（西周恭王 BC968～942）
（圖 4-46）

釋文	銘文字形
公	
子	
命	
皇	

秦公大墓石磬（秦景公四年 BC573）（圖 4-47）

銘文字形	說文篆文	釋文
		樂
		咸
		奏
		允
		煌
		喜

詛楚文刻石（秦惠文王後元 13 年 BC312）
（元至中正吳刊本）（圖 4-48）

石鼓文刻石（秦獻公 11 年 BC374）
（圖 4-49）

銘文字形	說文篆文	釋文
		秦
		敢
		使
		神
		昔

銘文字形	說文篆文	釋文
		魚
		游
		其
		黃
		帛

　　另外戰國時期的的〈石鼓文〉（BC374）（圖4-49），雖石鼓製作的年代，一直
爲學者爭論的焦點，說法甚多，不過目前以唐蘭先生的〈石鼓年代考〉一文中
考證的秦獻公十一年所作是較爲可信的，其中字有部分文字基本筆畫結體與大
篆是相同的，應該也是屬於承自籀文發展而來的同一體系，不過字體筆畫構形
上也已經顯現小篆筆勢。

　　秦國到戰國中期以後所使用的文字，基本上文字形體已經逐漸轉變爲小篆
體勢，像是秦孝公時期的〈商鞅戟〉（BC349）（圖4-50）〈商鞅方升〉銘（BC344）
（圖4-51）和秦惠文君時代〈四年相邦樛斿戈〉（BC334）（圖4-52）〈王五年上郡守
疾戈〉（BC320）（圖4-53）〈王四年相邦張義戈〉（BC321）（圖4-54）及〈杜虎符〉
錯金銘（BC337～325）（圖4-55），就可明顯看出，之後像是〈六年漢中守戈〉
（BC301）（圖4-56）〈七年上郡守間戈〉（BC300）（圖4-57）和〈廿年相邦冉戈〉（BC287）
（圖4-58），其字形發展更爲明顯，到了戰國晚期，〈新郪虎符〉（BC221之前）（圖
4-59）其文字形體結構和筆勢可以說已經完全成熟，其銘文：

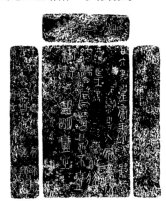

商鞅戟（秦孝公13年BC349）　　　　　商鞅方升銘（秦孝公18年BC344）
　　　（圖4-50）　　　　　　　　　　　　　　（圖4-51）

四年相邦樛斿戈（圖4-52）　王五年上郡守疾戈（圖4-53）　王四年相邦張義戈（圖4-54）
（秦惠文君前元4年BC334）　（秦惠文君後元5年BC320）　（秦惠文君後元4年BC321）

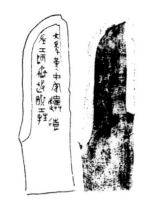

六年漢中守戈（圖 4-56）
（BC301）

七年上郡守間戈（圖 4-57）
（BC300）

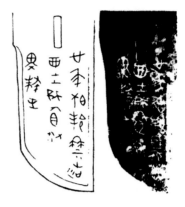

廿年相邦冉戈（圖 4-58）
（BC287）

杜虎符（秦惠文君 BC337～
325）（圖 4-55）

新郪虎符銘（BC221 前）
（圖 4-59）

陽陵虎符銘（BC221～206）
（圖 4-60）

泰山刻石（圖 4-61）

瑯邪台刻石（圖 4-62）

秦詔版（二世元年詔版 BC208～
206）（圖 4-63）

「甲兵之符，右在王，左在新郪。凡興士被甲，用兵五十人以上，

必會王符，乃敢行之。燔燧事，雖毋會符，行殹。」

中的「甲」、「兵」、「符」、「右」、「在」和「左」字的寫法，就與統一後秦的〈陽陵虎符〉（BC221～206）（圖4-60）字型相似，是針對「刻符」設計規整化的小篆字形，與秦代〈泰山刻石〉（圖4-61）〈瑯邪台刻石〉（圖4-62）及〈秦詔版〉（圖4-63）等相同，銘文部份的相關字和部首也完全相同，是已經完全達到定形階段的小篆字型。

從〈不其簋〉的時期到秦統一天下，前後歷經六百年的文字發展演進，前後取樣相互比較始能很勉強看出其中的差異變化，而秦代只有 16 年，以當時沒有紙、不能拓印、只能傳抄的文字教育社會背景而言，毛筆書寫文字要有強烈改變是不大有可能的。秦文字在銅器銘文、刻石文字上的表現，通常是經過修飾後美化的藝術字形，雖然仍以小篆為主體，不過具有設計規範，並不適用一般通用書寫的概念，官方及民間文字使用主要還是以手寫傳抄為主。廣義的篆文自商、周至春秋戰國都在演變中持續發展，先秦時期的秦系文字也一直在字形結構上演變（篆文中的「篆變」）。在商鞅變法之後，一直到秦代，整個社會發展極其迅速，民間交易往來相當頻繁，因此在文字的使用上自然有大量的需求，加上戰國時期征戰不斷，奏事繁多更具時效，也因此在傳抄過程為求方便迅速而草率書寫，進而簡化筆畫，導致後來篆文字形結構上的改變。因為接續漢代通用的隸書之傳承，故後世稱此現象為「隸變」（當時秦人本身是沒有感覺的）1975 年，湖北雲夢睡虎地十一號秦墓發現大批竹簡（圖4-64）〔註16〕，此秦簡的發現，對於中國古文字學的研究有其關鍵性的意義，該批秦簡的內容，主要以法律及其相關文獻為主體，而該秦簡文字，所呈現的應是當時秦國通用的手書文字，該竹簡文字與上述銘文、刻石更顯簡約隸化，甚至已初具古隸體勢，後來 1979 年四川青川鎮城郊郝家坪的戰國土坑墓青川木牘的發現（圖4-65）〔註17〕，其文字也是相同體勢，經考證內容為秦武王二年（西元 309 年）所頒，晚二年後抄錄之物，可見這樣的書寫方式，濫觴已見於戰國中晚期，此又證明

〔註16〕　《文物》1976 年第 6 期，〈湖北雲夢睡虎地十一號秦墓發掘簡報〉，頁 1～10。

〔註17〕　《文物》1982 年第 1 期，〈青川縣出土秦更修田律木牘──四川青川縣戰國墓發掘簡報〉，頁 1～21。

了在秦始皇統一六國前 88 年，這樣的文字就應該已經相當流傳，除此之外 1986 年出土的甘肅天水放馬灘秦簡〔圖 4-66〕〔註 18〕、1989 年湖北出土的雲夢龍崗秦簡〔圖 4-67〕〔註 19〕等文物出土，皆可證明戰國時期秦國所廣泛使用手書秦篆文字的眞實面貌。而這種字體，在演進的過程中，由於體勢的殊異，字形結構也因此不斷改變，所以結構形異，也是所在多有，想將篆變的字體給予規範，亦是理所當然。公元前 221 年，秦始皇併六國，集權中央，在文字上消極的是禁用六國古文的不同寫法，即「罷其不與秦文合者」（亦即六國文字與秦文相同寫法的均可使用），積極的是全國限用戰國時的秦文字，學文字「以吏爲師」，命丞相李斯等編撰識字書，由李斯作〈蒼頡篇〉七章，趙高作〈爰歷篇〉六章，胡毋敬作〈博學篇〉七章，頒行天下，以筆寫傳抄的方式流傳使用，作爲當時文字教學所用的標準教本，可知，必是以毛筆書寫的才是「所謂小篆者也」的眞實形相。但在不斷的傳抄過程及其結果，所謂的「標準」是不定性的，這"書同文"的做法，其實只是將以毛筆書寫且已經通行許久的秦小篆定爲全國統一的文字。

　　秦文字，上承西周大篆，下接漢初古隸書，對於小篆及隸書之說，許愼《說文解字‧敘》言：

> 「始皇初兼天下，丞相李斯乃奏同之，罷其不與秦文合者。斯作蒼頡篇，中車府令趙高作爰歷篇，大史令胡毋敬作博學篇，皆取史籀大篆，或頗省改，所謂小篆者也。是時秦燒滅經書，滌除舊典，大發吏卒，興戍役，官獄職務繁，初有隸書，以趣約易，而古文由此絕矣。」

可知，所謂「小篆者也」的，是指寫在識字書《倉頡篇》（三篇合一後仍用此稱名）的文字，意即是用毛筆寫在簡帛上全國傳抄教學及使用於日常生活中的文字寫法，並無官、民身份與用途之差別。至於隸書，在東漢時已是有別於小篆的字體，而其說法是在秦始皇帝統一六國之後「始有隸書」，然秦律法甚嚴，既「罷其不與秦文合者」，訂小篆爲全國通用字體，便不可能同時推行二種字體。

〔註 18〕　《文物》1989 年第 2 期，〈甘肅天水放馬灘戰國秦漢墓群的發掘〉，頁 1～22。

〔註 19〕　《江漢考古》1990 年第 3 期〈雲夢龍崗秦漢墓地第一次發掘簡報〉，頁 16～27。

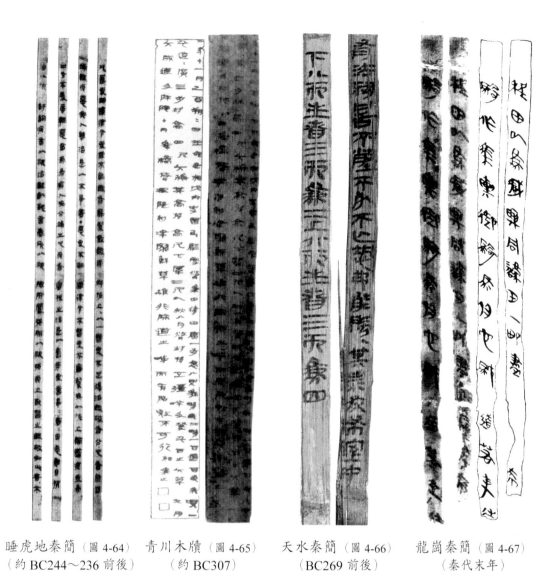

睡虎地秦簡（圖 4-64）　　青川木牘（圖 4-65）　　天水秦簡（圖 4-66）　　龍崗秦簡（圖 4-67）
（約 BC244～236 前後）　　（約 BC307）　　　　　　（BC269 前後）　　　　　（秦代末年）

《說文》及《漢書‧藝文志》中均有漢初蕭何草制尉律即云：「吏民上書，字或
不正，則舉劾之。」可見，寫得草率簡約是要受罰的，又怎會「初有隸書，以
趣約易」，東漢人的說法是有其可議之處。

　　另外像是班固《漢書‧藝文志》中亦提到，是因為：

　　　「是時始造隸書矣，起於官獄多事，苟趨省易，施之於徒隸也。」

西晉衛恆在《四體書勢》也說：

　　　「秦既用篆，奏事繁多，篆字難成，即令隸人佐書，曰隸字，漢因

　　　　行之，獨符印璽幡信題署用篆。隸書者篆之捷也。」

所謂「篆字難成」，是衛恆誤以為秦人寫字都像秦刻石文字那般的規整化篆
文，自己的一種推想。對於隸書的流傳，其說法都是因秦官獄職務頻繁，因

此舊傳所謂「程邈造隸書」或許可以理解，由於筆寫簡帛的秦文字，從出土所見自戰國中期以來逐漸演變成漢代的八分隸書，從東漢人的立場而言，東漢的隸書亦可「溯源」向上說是自秦代傳用下來的（以為是不變的沿用），認為小篆與隸書是兩種字體，並說秦代「初有隸書」也都是自成其理，只不過未能釐清篆隸傳承一脈而來的時空背景。不過從目前出土的〈青川木牘〉和〈睡虎地秦簡〉中秦律字形來看，一般所謂秦隸書的面貌，實是筆寫秦篆的真相。1977 年八月在安徽阜陽雙古堆一號漢墓〔註 20〕出土的〈阜陽漢簡倉頡篇〉（圖 4-68），共包含李斯所作的〈蒼頡篇〉、趙高所作〈爰歷篇〉及胡毋敬所作〈博學篇〉，共一百二十五片殘文計五百四十一字，其中第五章「飭端脩法」中「端」字本應為「政」，有避始皇名諱之意，和過去甘肅等地所發現的敦煌〈流沙墜簡〉（圖 4-69）馬圈灣烽燧遺址〈敦煌漢簡〉（圖 4-70）之《倉頡篇》殘文相較，也有若干異文，據學者推論，應是「秦本」或未經漢人整理改訂之「秦式本」，與敦煌、馬圈灣出土兩簡所載為漢代合〈蒼頡篇〉、〈爰歷篇〉及〈博學篇〉三篇整併為一篇〈蒼頡篇〉的「漢本」〔註 21〕不同，此〈阜陽漢簡倉頡篇〉所錄字形近似青川木牘和龍崗秦簡，應是傳承秦篆發展所成無誤，稱秦簡文字稱為「秦篆」或是「秦隸」、「古隸」，實質上是指相同的東西，即戰國秦漢時以毛筆書寫全國通用的唯一字體。秦簡與〈流沙墜簡〉、〈敦煌漢簡〉之間，也可以看出文字演進的承繼關係，而〈蒼頡篇〉於秦代與漢時皆為頒訂之全國標準識字書，惟許慎《說文解字‧敘》稱其為「所謂小篆者也」，而漢則稱之為「隸書」，因此秦隸之說若屬實，許氏所言之小篆則不知所指為何，可見此為不同時期稱謂不同的同一書體，但是經過長時間的演變，戰國、東漢時代筆寫文字的字貌已有改變罷了。

〔註 20〕 此墓據出土器物上「女（汝）陰侯」銘文等資料確認，該墓主為西漢第二代汝陰侯夏侯灶，為西漢開國功臣夏侯嬰之子，嗣位於西漢文帝九年，卒於文帝十五年。

〔註 21〕 《漢書‧藝文志》：「漢興，閭里書師合倉頡、爰歷、博學三篇，斷六十字以為一章，凡五十五章，并為〈蒼頡篇〉。」在漢初全文亦僅有三千字。

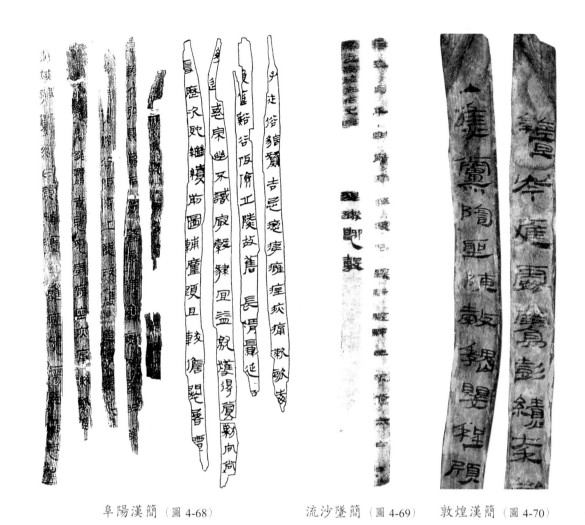

阜陽漢簡（圖 4-68）　　　流沙墜簡（圖 4-69）　　敦煌漢簡（圖 4-70）

第三節　秦印文字字形體勢的變異考察

　　秦的文字，是以小篆爲主的手書體，是當時官、私通用約定成俗的文字，也是在生活中應用可快速書寫的字形，篆隸體勢變化正在筆寫的秦文字中自行醞釀發展中；但是在治印上，秦有專司鑄印的字形，即「摹印篆」，是將小篆略加修飾規整美化，具設計概念的字體，惟仍保存文字構形的本質，尚未像漢印文字那般制式規整。不過所謂小篆的手寫線條體勢在戰國晚期已經大量的出現在官方器物的銘文中，可見小篆即爲戰國時期的秦篆文字；同時新舊寫法參雜合用，在當時官方並未嚴格對秦篆的使用範圍做定向規範，而民間參用的狀況更是普遍，反而是統一之後，定秦篆爲全國唯一標準字體，各

職工專司其長，依其文字用途材質等漢初即有「八體」之說〔註22〕，分工反較爲精細。「摹印篆」爲傳統秦印的呈現，此時期官方治印更是嚴守其法度，變化程度則不如戰國時秦印，不過私印中卻仍有出現簡化線條鑄印的情形，不過數量遠不及戰國秦印。

目前存世秦印中，摹印篆中交雜手寫體的筆畫線條的印例相當多，這種鑄印書體，一般稱爲俗體化或隸化轉變，俗體化稱謂是因爲跳脫傳統鑄印公式，參雜使用當時大眾書寫所採用的通用手寫小篆筆畫及字形，隸化則是秦篆文字傳抄過程字形會有隸變的情形，文字逐漸朝隸書體勢轉變，這也是文字發展的進程，在秦印中採用這樣的字形，是社會現實情況的正常反映，自然也會有隸化情形。俗化或隸化轉變在秦私印中較官印常見，但是影響所及，到了戰國晚期，秦官璽中也可發現這樣的情形，而這或許是中國文字由篆書向隸書演化階段的一個例證。

1975 年江陵鳳凰山 70 號秦墓出土的兩方玉質私印〈泠賢〉，經學者考證應爲秦昭襄王時期〔註23〕，兩方印文皆爲規整化的摹印篆文（圖4-71），其中一方印面文字構形則近乎日常文書通用寫法（圖4-72），結體略與睡虎地秦簡相合，兩方印「泠」字的「水」字偏旁寫法已有新舊之別，一爲傳統古舊寫法「水」形，一爲簡化之三點水的「氵」字偏旁，顯示出秦篆自身逐漸隸化的演變痕跡，這種新舊寫法自戰國至漢初一直都是同時並用的，在睡虎地秦簡及漢初馬王堆帛書中都可發現，而在秦代里耶秦簡中仍可見不少古舊寫法，在同一組十二件文書中，「水」部文字共有 25 字，其中新寫法僅有 3 字而已〔註24〕。又如睡虎地秦簡中「江」字及「浴」字的「水」字偏旁寫法就不同，馬王堆帛書同樣的「治」字和「清」字，「水」字偏旁寫法也有新舊之別，是處在古、新寫法交錯使用的

〔註22〕張家山漢墓 247 號出土竹簡中，呂后時（前 186 年）所頒〈二年律令・史律〉即有「又以八體試之」之句，東漢《漢書・藝文志》亦錄有「八體六技」的一本小學教本，可見「八體」之說是漢初既有，只是八體的內容並無確證實料，一般均認爲即漢人著述中所稱的「秦書八體」。

〔註23〕《文物》，1978 年 2 期，吳白匋：《從出土秦簡帛書看秦漢早期隸書》，頁 48～54。

〔註24〕里耶秦簡的十二件「貰贖文書」，見〈湖南龍山里耶戰國——秦代古城一號井發掘簡報〉，刊《文物》2003 年 1 期，4～35 頁。

轉變時期。從漢代八分隸書的源頭看，新寫法代表著早期的「隸變」現象；從先秦篆文的發展來看，則新寫法不過是晚期篆文自身的「篆變」而已。整個隸化的過程，是在某個部首、偏旁、獨字分別獨自產生，逐漸累積增多，經過長時期約定俗成之後，最終才行成戰國與東漢文字有篆、隸之別的。因此，如果說這兩方印分別是篆書與隸書，並說當時秦國已是篆、隸並用同時有兩種字體〔註25〕，是不合於事實的，這主要是因早期的新舊寫法是「混用」一處的，而「分用」新舊寫法，分別書寫全篇文字地使用，才是新字體成立的證據，這是研究者常忽略的重點。

冷賢（圖 4-71）　　冷賢（圖 4-72）

冷字印文		（宋刊本）
說文篆字		
睡虎地秦簡文字		
馬王堆帛書		

另外「令」字偏旁，也是簡化後的寫法，在殷商甲骨文中做「（A）」形，西周〈宅簋〉中做「（A）」形、〈卯簋〉做「（A）」，春秋戰國時期〈蔡侯鐘〉做「令」形、〈羌鐘〉做「令」形，其末筆都尚有大小曲折，但在睡虎地秦簡中令字末筆不再曲折下弋，做「令」形，而改由一筆向下結尾。

像這樣的情形，其實在秦印中常可發現，像是囗字格官印〈南宮尚浴〉（圖4-73）的「浴」字及半通印〈敦浦〉（圖4-74）的「浦」字，其「水」字偏旁亦是古舊寫法的鑄印書體，呈「（水）」及「（水）」字的寫法，可看出與西周銅器銘文的「水」字寫法有承接關係；但是，像是半通印〈漆工〉（圖4-75）和私印〈下池登〉（圖4-76）等印，其「漆」和「池」字的「水」字偏旁，則是簡化後的「水」字部首，作「（水）」、「（水）」，是漢初古隸寫法的先河，可見當時秦篆自身正在「篆變」演進，也同時影響秦印印文的用字。

〔註25〕《文物》，1978 年 2 期，吳白匋：《從出土秦簡帛書看秦漢早期隸書》，頁 48～54。

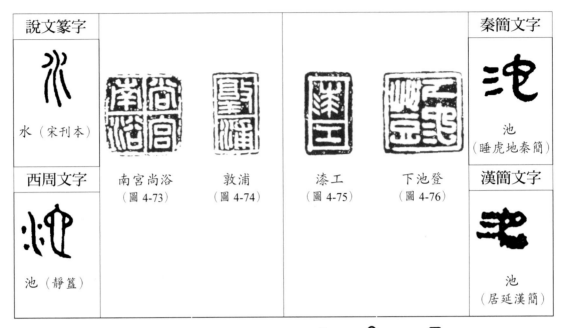

說文篆字					秦簡文字
水（宋刊本）	南宮尚浴（圖4-73）	敦浦（圖4-74）	漆工（圖4-75）	下池登（圖4-76）	池（睡虎地秦簡）
西周文字					漢簡文字
池（靜簋）					池（居延漢簡）

　　另外像是「長」字，西周金文中有作「𠃊」、「𠃊」或「𠃊」諸形，東周文字則作「𠃊」、「長」等，說文篆字作「𠃊」形，已經傳抄略有訛變，秦官印〈長夷涇橋〉（圖4-77），其「長」字則作「𠃊」形，爲是時篆字常見的寫法，但是〈長平鄉印〉（圖4-78）的「長」形寫法，則是如同秦簡寫法，體勢略異已初具隸書發展的基本型態。另外私印〈張黑〉（圖4-79）和〈張黔〉（圖4-80），其印中「長」字偏旁亦作小篆體勢，爲「長」、「長」，而在〈張利〉（圖4-81）印中作「長」形亦同秦簡，而如〈張土〉（圖4-82）印中作「長」形則體勢再轉平直，如同隸法，系列綜觀都可察出其轉化承變，這或可說明其隸化的過程。

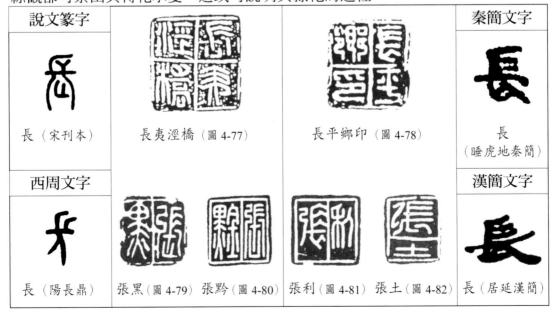

說文篆字					秦簡文字
長（宋刊本）	長夷涇橋（圖4-77）		長平鄉印（圖4-78）		長（睡虎地秦簡）
西周文字					漢簡文字
長（陽長鼎）	張黑（圖4-79）	張黔（圖4-80）	張利（圖4-81）	張土（圖4-82）	長（居延漢簡）

「女」部，西周金文多作「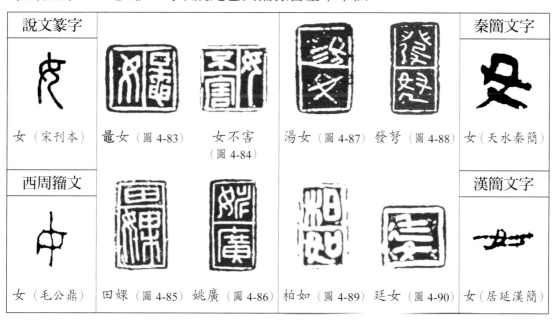」、「」、「」，其中豎一筆，在東周文字中承古形或曲或直均有，但筆寫墨跡多作直筆，在說文篆字作「」形，中筆彎曲較多飾意。秦私印〈黿女〉(圖4-83)〈女不害〉(圖4-84)的「女」字形則爲「」、「」及〈田媒〉(圖4-85)〈姚廣〉(圖4-86)的「女」字偏旁作「」、「」形等，都還保留東周規整化篆字的基本字型體態，可見一般印篆字法，但是，也有如〈湯女〉(圖4-87)的「女」字，作「」形，或是像〈發弩〉(圖4-88)〈柏如〉(圖4-89)等印中的「女」字部寫法，作「」、「」形，原本的中豎一筆已改爲橫勢，與「天水秦簡」寫法相同，已是當時通行的筆書秦篆寫法，而不是傳統鑄印用的「摹印篆」，反較接近隸書寫法，另外像秦私印〈廷女〉(圖4-90)，其「女」字寫法爲「」形，可以說是已具備隸書基本筆法。

說文篆字					秦簡文字
女（宋刊本）	黿女（圖4-83）	女不害（圖4-84）	湯女（圖4-87）	發弩（圖4-88）	女（天水秦簡）
西周籀文					漢簡文字
女（毛公鼎）	田媒（圖4-85）	姚廣（圖4-86）	柏如（圖4-89）	廷女（圖4-90）	女（居延漢簡）

「辵」部，古形有作「」、「」，下部「止」形通常偏右，說文篆字作「」形，秦印中〈連㕹〉(圖4-91)〈史連〉(圖4-92)的「連」字其「辵」部成「」、「」或是〈遂疢〉(圖4-93)的「遂」字，〈戰過〉(圖4-94)的「過」字，其「辵」部都做「」、「」，也都是規整化印篆字形的寫法，正是後來說文篆文的依據源頭；另外可以發現是時「」形仍未連結定位，像〈楊遺〉(圖4-95)〈乘馬遬印〉〔註26〕(圖4-96)印中「止」形如同古形仍然偏右，尚與「彳」形分離，是承自商周文字本形而來的。另外像〈遺〉(圖4-97)印中「辵」部改左爲右的反文

〔註26〕　「遬」字寫法是比「速」字篆文更古的籀文結構，在秦代陶文及里耶秦簡中仍多用例。

現象，作「⿰彳⿱⿱」形，雖說戰國璽印之中常有將部首左右互換，或是上下移動調整的做法，在西周時期此法更是正常現象，不過大體上來說，主要還是因爲字形仍在變動發展中，因此不會有統一規範，但即使是在字形已趨分化改易階段的秦篆，仍是保有古形並用，新舊同見的形式。另外在秦私印中像〈張迪〉（圖4-98）〈公孫遂〉（圖4-99）等印，其「辵」部，則如同是時筆書簡帛墨跡所見，結構線條已經明顯簡化，成「⿱」、「⿱」形，結構都已趨向隸書體轉變。

說文篆字	篆書體		隸變體		秦簡文字
辵 （宋刊本）	連㣙 （圖4-91）	史連 （圖4-92）	楊遺（圖4-95）	乘馬邀印（圖4-96）	遺 （睡虎地秦簡）
西周籀文					**漢簡文字**
追（頌壺）	遂疢 （圖4-93）	戰過 （圖4-94）	遺 （圖4-97）	張迪 （圖4-98）	公孫遂 （圖4-99）
					遺 （馬王堆帛書）

「人」部，西周文字多作「⿰」、「⿰」之形，在說文篆文作「⿰」形，如秦官印〈邦侯〉（圖4-100）〈都侯〉（圖4-101）的「侯」字「人」旁作「⿰」、「⿰」，都是習見的規整化印篆書體；不過在部分印文之中，其「人」部所呈現的就較爲活潑，像〈任遇〉（圖4-102）〈任黑〉（圖4-103）等印，其「任」字的「人」字部首寫法就不會那般工整嚴肅，作「⿰」、「⿰」形，仍是較具古形之寫法，是東周文字習常多見之形，而這正是篆文隸變的主源。不過當時文字使用書寫的轉變過程中，基本都是由單純的筆畫線條開始，簡化後已顯現出初具隸法的面貌，如〈任宙〉（圖4-104）的「任」字，其「人」字旁作「⿰」，〈王佗〉（圖4-105）「佗」字，「人」旁作「⿰」，〈產見何〉（圖4-106）的「何」字「人」旁作「⿰」，〈係〉（圖4-107）字「人」旁則作「⿰」，四者都是相同的呈現，惟筆劃都已經精簡，朝向隸書部首發展簡化寫法，而這都可以明確指出秦印受到秦文字變遷發展的影響，而亦可見隸化現象的演進過程。

說文篆字	篆書體		隸變體		秦簡文字
人（宋刊本）	邦侯（圖4-100）	都侯（圖4-101）	任宙（圖4-104）	王佗（圖4-105）	任（睡虎地秦簡）
西周籀文					**漢簡文字**
人（戎簋）	任遇（圖4-102）	任黑（圖4-103）	產見何（圖4-106）	係（圖4-107）	任（馬王堆帛書）

「言」部，商周都作「䇂」、「䇂」，中段左右四筆直線或略圓曲，在說文小篆作「䇂」形，秦吉語印〈慎言敬原〉（圖4-108）〈思言敬事〉（圖4-109）等印，其「言」字為「䇂」、「䇂」，所呈現的都為規整化印篆習見寫法，另外像是有些秦印「不識」（圖4-110）「王誤」（圖4-111）兩印，其「言」字偏旁為「䇂」、「䇂」，寫法亦是如此。不過也有簡化的寫法，像是〈龍講〉（圖4-112）〈王講〉（圖4-113）〈李不識〉（圖4-114）的「講」字及〈任說〉（圖4-115）的「說」字，其「言」部為「䇂」、「䇂」、「䇂」、「䇂」，在秦漢墨跡中亦多見，都是簡化後的用字，可見在當時用字並未受到規範，因此古新寫法交互參雜使用的情形相當普遍。

「邑」部，在商周文字偏旁中多作「邑」、「邑」、「邑」等形，下部的曲折角度較為單純，說文小篆作「邑」形，秦官印〈邦司馬印〉（圖4-116）〈邦侯〉（圖4-117）的「邦」字，其「邑」部作「邑」、「邑」，是當時印篆習見的寫法體勢，不過也有部分印文其「邑」字偏旁有是由古形直接演化入印，並沒有受到規整化影響，未見增繁的轉折線條，像是〈郭頭〉（圖4-118）〈郭異人〉（圖4-119）等印的「郭」字偏旁就是一例，作「邑」、「邑」，顯見承商周字形而來，在戰國文字中已習見，也正是漢代隸書的源頭寫法。在當時新舊字形並用及印篆規整化混雜的狀況之下，相互影響自是在所難免，因此在並未完全規整化的秦官印中，必然也會出現如同正

常筆寫字形的狀況，像是〈邦印〉(圖4-120)〈都亭〉(圖4-121) 兩印，其「邦」、「都」兩字的「邑」部邊旁「邑」、「阝」就是此一情形，而像私印〈鄭矣〉(圖4-122)〈郝氏〉(圖4-123) 兩印的情形，則是採用規整化的印篆書勢，其「鄭」、「郝」二字「邑」偏旁皆作「邑」、「邑」，可見當時並未明確界定官、私印在字體上的規範。

說文篆字	篆書體		隸變體		秦簡文字
言（宋刊本）	慎言敬原 （圖4-108）	思言敬事 （圖4-109）	龍講 （圖4-112）	王講 （圖4-113）	言 （睡虎地秦簡）
西周籀文					**漢簡文字**
言（伯矩鼎）	不識 （圖4-110）	王誤 （圖4-111）	李不識 （圖4-114）	任記 （圖4-115）	言 （定縣竹簡）

說文篆字	篆書體		隸變體		秦簡文字
邑（宋刊本）	邦司馬印 （圖4-116）	邦侯 （圖4-117）	郭頭 （圖4-118）	郭異人 （圖4-119）	邑 （睡虎地秦簡）
西周籀文					**漢簡文字**
邑（師酉簋）	鄭矣（圖4-122）	郝氏 （圖4-123）	邦印（圖4-120）	都亭（圖4-121）	邑（居延漢簡）

　　除上述所舉的例子之外，其實還有相當多秦印隸變的可證事蹟，不過秦印採用墨書文字入印所涵蓋的面積極為廣泛，尤其到了戰國晚期，不論官、私印章，直接以書入印是非常自然的現象，反倒是秦滅六國統一天下之後，全國制定新法令使用統一之度、量、衡及文字，使涉及官方法令相關的官器銘文和作為各級政治機構中職官信物的官印，專業製印職工漸漸有其貫用習性與手法規範，統一使用專業設計的印篆體，形成其印篆文字的自我書風。如此一來反造成秦朝及漢代時期的官印文字與當時筆書文字脫節分離的現象，反不及戰國時秦國璽印文字以輸入印較能與後世隸書接合承轉，也正因為如此，目前所見那些印面文字較多商周文字古形遺緒的秦國官印，應可判斷多是秦國時期遺物。

　　至於秦私印，因為民間職工受到專業印篆設計性規範遠不及官印來的嚴謹，所以以當時筆寫字形以書入印的狀況更為普遍，若要嚴格區分統一前後，是有相當程度上的難處，加上秦滅六國初期，罷其六國古文，強迫六國遺民接受秦文化，社會狀況更顯複雜多變，在政治上人民或許無法違背秦政令，但是對於文字使用習慣的改變，勢必需要經一段時間的習慣，方能有所改變。另外秦印在文字上的運用，有些文字在某些字型筆劃會出現古於當時秦篆的，王國維在〈戰國時秦用籀文六國用古文說〉中曾提到：

> 「六藝之書行於齊魯，爰及趙魏，而罕流布於秦，猶《史籀篇》之不流行於東方諸國：其書皆以東方文字書之，漢人以其用以書六藝，謂之古文，而秦人所罷之文與所焚之書皆此種文字，是六國文字即古文也。觀秦書八體中有大篆無古文，而孔子壁中書與《春秋左氏傳》，凡東土之書，用古文不用大篆，是可識矣。」[註27]

事實上，東方六國的古文也是承西周籀文而來，只是秦文字發展改變較少而已。其文中所提六國使用的文字，謂之「古文」，是沿用許慎的說法，事實上《說文》所收古文主要是戰國時代的六國文字。在戰國期間，各國交流頻繁，會相互影響亦是可以理解的，不過秦印民間文字所使用的文字，有部份文字和部首寫法有古於當時秦官體文字，應該與王國維所謂的六國用古文並無直接關係，有學者認為是秦文字承襲西周文字，受到籀文影響[註28]，其實，六國文字中也有

〔註27〕　王國維《觀堂集林》上，頁186～187，河北教育出版社，2001年11月。

〔註28〕　陳昭容《秦系文字研究：從漢字史的角度考察》2003年第7月〈王國維「戰國時秦用籀文六國用古文說」平議〉，頁15～46。

很多是沿用西周古形的，並未在「罷」的範圍內，而秦代的子民中也包括佔多數的六國遺民。像是〈趙御〉（圖 4-124）的「趙」字，其「走」旁寫法就古於秦小篆，與西周銅器《師兌毀》（圖 4-125）銘文中「走」字類似，另外像是〈馮士〉（圖 4-126）的「馮」字、〈駘〉（圖 4-127）印和〈李驁〉（圖 4-128）的「馬」字偏旁，也與與西周銅器《兮甲盤》（圖 4-129）銘文中「馬」字相似，另外吉語印〈中壹〉（圖 4-130）的「中」字，也與《頌鼎》（圖 4-131）《頌壺》（圖 4-132）銘文「中」字寫法相同，的其他像是〈李昌〉（圖 4-133）的「李」字、〈鄲易〉（圖 4-134）的「鄲」字、〈王係〉（圖 4-135）的「係」字寫法雖不同於秦篆，但是也都與西周銅器銘文字體相類似，應是相同的情形。

不過在秦統一後，亦偶可見到秦形制私璽中有六國文字出現的情形，這受到六國文字影響的情況，主要是民間使用私印為主，如同出土的漢初筆寫簡帛文字所見一般，仍有極少數字例存在，這或許是亡國遺民用字習慣尚未改變，也或許是潛藏違抗秦統治者心理的一種自然表現，像是〈牛馬〉（圖 4-136）〈長呂〉（圖 4-137）兩印，其「馬」字和「長」字就不屬於秦文字，是三晉系的用字，如晉國官璽〈左稟司馬〉（圖 4-138）私璽〈長義〉（圖 4-139）等，此外像吉語印〈中信〉（圖 4-140）的「信」字，則是齊國系統的文字，如〈圍之信鉩〉（圖 4-141）一印。

秦文字在發展階段，保留較多宗周的傳統，後來逐漸演變成為小篆，多數學者認為，秦文字自戰國以來即分兩條路線在演進，秦篆與古隸是一脈相傳逐漸演化遞嬗而成，秦文字也是古隸的先河〔註 29〕，但其實篆隸傳承只有一條路線在演進，在全民生活的書寫之中；只是東周時期的文字造形藝術表現興盛而傑出，東周篆文裝飾化、規整化的應用表現另成一片天地。而篆隸文字之傳承並非是一時同步全面性劃一性的人為推動，故其在演進的過程是相當緩慢、漸進的發展，有時候在同一批出土簡牘中，相同文字就有不同的寫法，可見秦文字是處於自篆書發展向隸書的過渡期、尚未完全成熟的字體，直到漢初之後文字才算始回歸真正的統一。

今天學術界研究漢文字發展的過程，基本對於秦與漢來說，因有其承襲延續關係，因此對於文字本身的差異經常一併論述，對於秦代文字演化的實質和過程，目前也有很多說法，在本文中僅能根據現有的資料及研究報告，提出這些看法。

〔註 29〕 參看裘錫圭《文字學概要》第 85～91 頁，萬卷樓圖書有限公司 1991 年 3 月初版，2004 年 9 月七版。

趙御
（圖 4-124）

師兌殷 （圖 4-125）

馮士 （圖 4-126）

駘 （圖 4-127）

李鶩 （圖 4-128）

夰甲盤 （圖 4-129）

中壹
（圖 4-130）

頌鼎 （圖 4-131）

頌壺 （圖 4-132）

李昌 （圖 4-133）

鄲易 （圖 4-134）

王係 （圖 4-135）

牛馬（圖 4-136）

長呂（圖 4-137）

左稟司馬（圖 4-138）

長義（圖 4-139）

中信（圖 4-140）

圍之信鈢（圖 4-141）

第五章　古今傳承的秦印作品創作表現

　　對於秦系璽印的形制、印式分析研究，可以看出後世印章或篆刻形式的種種變化、演進的途徑，而這種發展的途徑，包含著顯著的變化過程及非顯著的變化過程。一般來說，朝代的更替，官印形式有其傳承延續的效果，變化是漸進的，因此轉化過程並不明顯，比如西漢初期官印形制與秦官印形制相同一般，因此辨別上較為困難，直到武帝後方有較明顯區別。但是，如果以篆刻創作的角度來說，其變化過程就有較為顯著的過程，就如同明清印人的篆刻創作，有其藝術創作所必須的開創性，因此與其他印式風格借資參用情形甚為廣泛，變化過程較為明顯。本章所論即是針對秦印的印鈕形制分析、古代秦印作品賞析及近代名家秦印篆刻作品賞析，從中了解秦印的藝術價值及美感，並進而了解明清及近現代印人在秦印藝術風格中，是如何借資參用，獲得更多得靈感，並了解秦印在中國篆刻藝術史上的發展及影響。

第一節　秦印的印鈕形制分析

　　衛宏《漢舊儀》曾云：「秦以前，民皆配綬，金玉銀銅犀象為方寸璽，各服所好。」《漢書·百官公卿表》也多次提到秦官"金印紫綬"或銀印青綬"，可知秦官制中職官均在身上配有官印，而璽印上為便於攜帶因此均有鈕，鈕穿孔所以繫印綬，印綬又繫在腰帶上，所以稱之為佩印。秦系璽印的鈕制形式甚多，

質地也有所差異，以銅爲主，間有銀、玉、陶、石，但不多，秦官印的鈕式，基本上主要分爲兩個基本樣式，一爲鼻鈕，與戰國時期的他系鼻鈕官印相同，應有一定的互受影響及相關聯性，另一樣式則爲壇鈕，秦官印多爲此兩類。秦私印則因屬非官印形制，印鈕樣式較爲豐富多樣，保留較多先秦影子，但有部分鈕式與秦官印鈕式相同，今歸納秦系璽印印紐形制，概略分類爲下：

（1）鼻鈕

鼻鈕，印背四面傾斜上升，與印鈕腳部相連接，是主要形制，細部或有些許差異，可歸類細分爲：

a. 由印台每邊邊線起斜坡向上隆起，整個印鈕呈小山狀，穿孔在山丘頂部，流行於戰國、秦及西漢，秦則官印較少，私印爲多。這種印鈕以西漢最爲常見，初期亦多承此制，且印細小，如〈公孫南〉（圖 5-1）〈段干義〉（圖 5-2）。

公孫南（圖 5-1） 段干義（圖 5-2）

b. 由 a 型演變成，由穿孔兩邊斜坡向上修成碑狀凸起，穿孔在上端，多見於方形印，少有長形印，如〈右司空印〉（圖 5-3）〈宜陽津印〉（圖 5-4）〈喪尉〉（圖 5-5），後發展到漢代魏晉，即所謂代鈕。

右司空印（圖 5-3） 宜陽津印（圖 5-4） 喪尉（圖 5-5）

c. 印背平，紐小，在印背中部作一小環狀穿孔，印體爲方形或長形，流行於戰國、秦及漢魏，如〈佐廄將馬〉（圖 5-6）〈南宮尙浴〉（圖 5-7）〈王欣〉（圖 5-8）〈徐馮〉（圖 5-9）。戰國較少見，秦及西漢爲多，於秦爲方形、長方形印主流。

佐廄將馬（圖 5-6）　　南宮尚浴（圖 5-7）　　王欣（圖 5-8）　　徐馮（圖 5-9）

　　d. 圓形鼻鈕較為精致，狀如秤砣一般，也像銅權，與圓形壇鈕相似，只是沒有壇台，多以私印為主，但不多見，是秦印特有鈕式，通常這類印印文必工整、秀麗，如〈張去疾〉（圖 5-10）〈慶印〉（圖 5-11）〈秦湯〉（圖 5-12）。

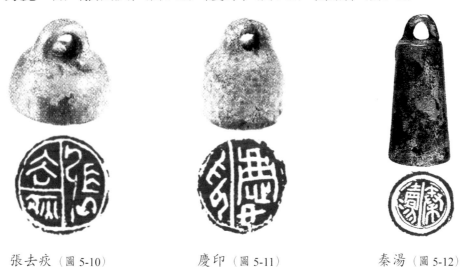

張去疾（圖 5-10）　　　　慶印（圖 5-11）　　　　秦湯（圖 5-12）

（2）壇鈕

　　官印壇鈕與私印壇鈕特徵相同，均印背隆起呈現壇狀鈕座，紐為一半小圓環，置於紐座頂部，壇鈕有方形、長方形、圓形及橢圓形四種，印體一般來說較小，以印邊長一厘米的小璽為最多，亦有邊長 1.5 厘，但較少見。壇鈕多見於私印，官印較少，流行於戰國至西漢初期，西漢中期後則已少見，概略分述如下：

　　a. 方形壇鈕印，在印台四邊斜坡成壇狀鈕座，秦方形壇鈕印形式和大小與古鈢相近，壇台有一台至三、四台者，印體呈寬扁狀，體態粗礦，如〈鈺栗將印〉（圖 5-13）〈全宣〉（圖 5-14）〈董□〉（圖 5-15），亦有其印台高矗者，成長條狀，多為單字璽，像是〈莫〉（圖 5-16）印等。

鉒粟將印（圖 5-13）　　全宣（圖 5-14）　　董□（圖 5-15）　　莫（圖 5-16）

b. 長方形壇鈕，戰國時即已出現，至秦成爲主要鈕式，且以私印爲主，秦長方形壇鈕印邊長一般爲 1×2 厘米左右，像是，〈楊祿〉（圖 5-17）〈張聲〉（圖 5-18）〈韓賢〉（圖 5-19）。

楊祿（圖 5-17）　　　　張聲（圖 5-18）　　　　韓賢（圖 5-19）

c. 圓形壇鈕，形似秤砣，印面直徑多在 1.5 厘米上下，始見於戰國而流行於秦，入漢以後不多見，亦有一台、二台至三台等，如〈智恆〉（圖 5-20）〈王它人〉（圖 5-21）等印，有些印面窄而印體高，像是〈舒〉（圖 5-22）印，其中五層台絕少，僅見〈柳〉（圖 5-23）一方，圓形壇鈕也是秦私印主要鈕式之一。

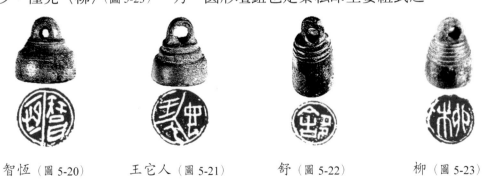

智恆（圖 5-20）　　王它人（圖 5-21）　　舒（圖 5-22）　　柳（圖 5-23）

（3）橋鈕

印體與印鈕一體拱起成橋形，兩端置於印背邊沿，瓦鈕立於印體中部，中

間穿孔，只見於長方形印，秦時亦較爲少見，漢姓名私印較多見。秦私印目前可辨査的有〈襄公〉(圖5-24)〈范夫〉(圖5-25)一印。

襄公（圖5-24）　　　　　　　　　　　范夫（圖5-25）

（4）人物鈕

〈上〉(圖5-26)，目前發現僅此一方，印文雖是戰國「上」字，但整個鈕制上的服飾，與1964年秦始皇陵附近出土的一件陶俑一樣〔註1〕，爲女姓人俑，著交襟長衣，頭右側有秦特有圓形髮髻，兩臂自然下垂，雙手平放置於膝上。與 1965年江蘇漣水三里墩西漢墓出土銅俑明顯有別〔註2〕，整體類似秦制爲多，從鈕制形態上暫定爲秦，有待將來考古發掘同類物品求証。

上（圖5-26）

（5）龜鈕

官印有上海博物館藏〈廣平君印〉(圖 5-27)，爲銀質龜鈕，形式粗樸簡古，型態較爲原始，另有故宮博物院藏〈留浦〉(圖5-28)一印，私印則有吉林大學歷史系收藏的銅質龜鈕〈戎夜〉(圖5-29)一印，此龜鈕形態與漢制不同，應爲戰國時秦印。

廣平君印（圖5-27）　　　　留浦（圖5-28）　　　　戎夜（圖5-29）

〔註 1〕《文物》1964年9期，頁55。

〔註 2〕《江蘇漣水三里西漢墓》，《考古》1973年2期。

（6）觿鈕

觿是古代解結的佩飾，銅質璽印鈕式之一，《說文解字》云：「觿，佩角，銳端可以解結，從角巂聲，詩曰：童子配觿。」印鈕形式為特有立鷹狀，印台有圓有方，多為私印，如〈范欺〉（圖5-30）〈楊巨〉（圖5-31）〈胡傷〉（圖5-32）〈班〉（圖5-33）等，其中像〈楊巨〉的形制，形狀與甘肅北縣出土的鳥形金箔飾片相同，流行這種鳥鷹可能與秦早期生活在西戎有關，有出土鎏金鷹獸野山羊相搏紋帶扣可証。此觿印，既作實用之觿角，又為信物，一物兩用。

范欺（圖5-30）　　　楊巨（圖5-31）　　　胡傷（圖5-32）　　　班（圖5-33）

（7）覆斗鈕

常見於玉印鈕式，其基本型態為，印體較高，頂或平，或呈現提梁狀，有穿孔，狀如覆斗，流行於戰國及漢代，秦少見，中國歷史博物館有藏〈公孫穀印〉（圖5-34）一印，製作工藝相當精湛，為秦玉印中罕見之作，另許雄志先生《鑒印山房》有藏〈王猶私印〉（圖5-35）一印，也是覆斗鈕印式。

公孫穀印（圖5-34）　　　　　　　　　　　王猶私印（圖5-35）

（8）直帽形

一般單字璽用，姓名印少，西漢印製發現為多，秦時甚少，印體多為柱狀，鈕兼呈半球狀，多為私璽，如〈撟〉（圖5-36）。

撟（圖5-36）

（9）亭鈕

鈕作亭形，有一屋或兩屋，每屋中有四柱支撐，頂部有小環可繫組，如〈□□□□〉（圖5-37）一印，其印體四邊四柱支撐作一層亭形，上有一層台階，頂鼻鈕穿孔，亦有二層台階、三層台階等，秦少見，多見於戰國肖形璽，像是〈鳥紋璽〉（圖5-38）〈盤蛇璽〉（圖5-39）。

□□□□（圖5-37）　　　　鳥紋璽（圖5-38）　　　　盤蛇璽（圖5-39）

（10）穿帶印

有方形、長方形、橢圓形三種。方形、長方形有單面刻字者，像是〈陽樛〉（圖5-40）印，兩面刻字者，如〈王鞅・臣鞅〉（圖5-41）印，且必圓穿，有雙孔或單孔如〈成奢〉（圖5-42）一印。橢圓形穿帶印整個隆起呈饅頭狀，像是〈姚鄭〉（圖5-43）等印，印背一般可分為：a. 起二或三道弦線，線條優美，如〈楊贏〉（圖5-44）。b. 背左右側各有一雲紋。c. 上刻交叉細斜紋，像是〈石驚〉（圖5-45）。d. 只居中刻一道凹糟紋。印文多只刻一面，二面有字者較少。

陽樛（圖5-40）　　　　王鞅・臣鞅（圖5-41）　　　　成奢（圖5-42）

姚鄭（圖5-43）　　　　楊贏（圖5-44）　　　　石驚（圖5-45）

（11）龜形鈕

完整的目前僅見日人菅原石廬的鴨雄綠齋藏〈召等〉（圖5-46）印，由橢圓形穿帶印變化而成，印體橢圓形，印背起二弦紋，在穿孔首端伸頸張口，末端穿孔處出小尾巴向上翹，只發現於秦代。

召等（圖5-46）

（12）帶鉤鈕

帶鉤乃束系腰帶及佩系之用，有勾有扣，璽文鐫於圓面之上，與觿鈕同為一物兩用，像是〈原隱〉（圖5-47）一印，從出土兵馬俑實物看秦帶鉤多作扣接腰帶用，形式亦多繼承戰國，有雙、單夔盤形、曲棒形、水禽形、獸面形、琵琶形等，鳥形、武士刺殺形最為罕有生動，如〈郭等印〉（圖5-48）〈李屠〉（圖5-49）〈者敖〉（圖5-50）等印，即是獸面形帶勾。近年考古發掘多有所出，質地有金、銀或銅錯金銀紋飾者，像是〈齊〉（圖5-51）一印，上有錯金雲紋，極其少見。今所見印文有姓名印、單字印，印鈕面多作圓形及方形，欄格與私印同；間有在圓形鈕面上加方形欄格再刻印文，如〈唐〉（圖5-52）一印，或有印鈕面作半通日字格形者，如〈王醜〉（圖5-53）印，鉤首虎形，鉤體腹鼓球狀、中空，鉤尾面呈鴨嘴，有眼、耳，末端有二圓穿鼻孔，鉤底有活動扣舌、張口，形狀奇特，為秦帶鉤印最碩大又罕見者。其帶勾鈕印文多刻於帶鉤鈕上，間有刻於鉤尾徑上。

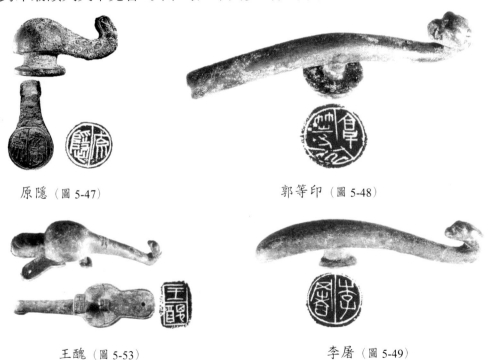

原隱（圖5-47）　　　　　　　　郭等印（圖5-48）

王醜（圖5-53）　　　　　　　　李屠（圖5-49）

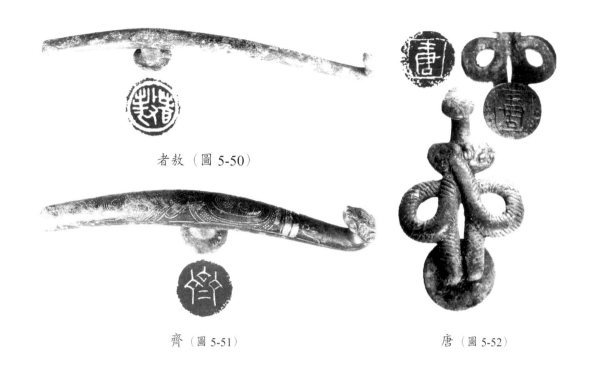

者教（圖 5-50）

齊（圖 5-51）　　　　　　　　　　　　　　　　唐（圖 5-52）

（13）魚鈕

印多長方，鈕作魚形，腹下有穿。秦時較少，流行於西漢，日人菅原石廬其鴨雄綠齋藏印有〈四川輕車〉（圖 5-54）一印，已經考定確定爲秦印無誤，另有〈泰倉〉（圖 5-55）一印，亦爲魚鈕形制，是目前僅見的兩方魚鈕秦印。

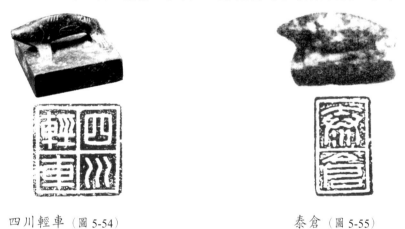

四川輕車（圖 5-54）　　　　　　　　　　　　泰倉（圖 5-55）

（14）蛇鈕

印多正方，鈕作蛇形，蛇身拱起如鼻紐，下有穿。秦時較少，亦流行於西漢，歷來學者多以蛇鈕爲漢初官印標準印制，不過近年考古出土實物，據印文可定爲秦印者，像是〈冀承之印〉（圖 5-56）〈襄陰丞印〉（圖 5-57）〈字丞之印〉（圖 5-58）印等，可知蛇鈕亦爲秦官印法式無誤。

冀丞之印（圖 5-56）　　　襄陰丞印（圖 5-57）　　　字丞之印（圖 5-58）

（15）特異品

1. 合印：

a. 有〈王快〉（圖 5-59）〈王廖中壹〉（圖 5-60）合印，在日字格中橫線一開為二，各有印鈕，合二為一完整印體，造形奇特，充份表現工匠心思及其高超工藝。

王快（圖 5-59）　　　　　　　王廖中壹（圖 5-60）

b.〈虎形・虎字〉（圖 5-61）合印，印體后有二榫眼，可知此印尚欠帶有榫頭的一邊，亦可能是另一虎形，形制多見於戰國肖形合璽，秦較少見。

虎形・虎字（圖 5-61）

c.〈杜秉〉（圖 5-62）應為秦印，此印規矩形，印體內側有一榫眼，且印面邊欄線留有接駁口，與〈志從〉（圖 5-63）規矩形印有異，知乃二合印，如複製合圖應如（圖 5-64）。

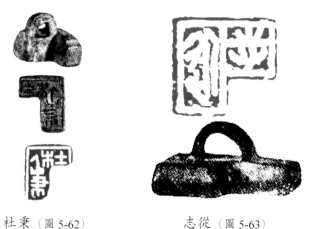

杜秉（圖 5-62）　　　　志從（圖 5-63）　　　　杜秉合圖（圖 5-64）

2. 活動連匣印：

匣狀似火柴外盒，長方，一側開口，開口處左右側有一梢釘套於印左右方，印可活動，私印為主，目前秦印可見〈趙窅〉（圖 5-65）〈楊駕〉（圖 5-66）等印，匣中空或作盛泥丸之用。〈栖仁〉（圖 5-67），亦應類似此類印功用。

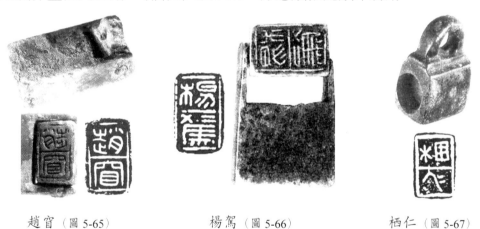

趙窅（圖 5-65）　　　　楊駕（圖 5-66）　　　　栖仁（圖 5-67）

3.〈郭鈞〉（圖 5-68）印與印座一套，印座長方形，寬度視乎印體，類云夢睡虎 11 號墓出土之筆套，中間開口，底有鏤空，有花紋，其花紋往往是判別印之時代及早晚，印放開口內。

郭鈞（圖 5-68）　　　　　　　李禮印（圖 5-69）

4.〈李禮印〉(圖5-69)，印體似柱鈕，上下各有一圓盤，下盤較大為印面，上盤略小有鼻鈕，形制罕見，為許雄志先生《鑒印山房》收藏。

除以上鈕制外。尚有類戰國成語印般，於印台斜坡四側飾以圓點凸紋或刻斜線、斜紋格，印台中空四側穿孔，或印台鑿刻花紋，亦有錯銀飾花紋，間有錯以銀字等等。由於秦印由春秋戰國發展而來，許多是繼承加以變化，尚不能全面了解，期待不久將來有更多新品種發現，充實秦印研究。

第二節　古代秦印作品賞析

秦印形式的風格，從印制上來說，應該是反對裝飾美化的，主要是因為秦是崇尚法治的國家，法治化所要求的就是制度，需有規矩，秦印追求審美觀，或只能說是以法為美，《韓非子·解老》有言：

> 「須飾而論質者，其質衰也。何以論之？和氏之璧，不飾以五彩；
> 隋侯之珠，不飾以銀黃。其質至美，物不足以飾之。夫物之待飾而
> 後行者，其質不美也。」

在法家來看，"文為質飾"，雖然並非全盤反對文飾，但是卻特別強調物質本身的內涵。秦官印的"質"，所強調的正是其本身制度化及功能性，有規矩而不板滯，具飾美而能靈活，可謂文質均得。又秦印主要是以篆字入印，用筆圓曲兼蓄使轉流暢，體勢內斂而沉穩，因此孫光祖在《古今印制》中，就以秦之摹印篆與漢之繆篆作一分析比較，說：

> 「摹印篆，篆隸相容。然秦則篆多而隸少，故文質兼備；漢則篆少
> 而隸多，故質勝於文。其質勝處，善學秦而不及於秦者也。」〔註3〕

這也就是說，秦摹印篆雖是小篆的方正化，但是無論他如何的取直為方，總不脫篆字本身所固有的圓轉之意，相較之下，漢繆篆因採用隸化較多的布置體勢，無論多想保留篆書的流暢筆意，總還是隸書所特有的方直。因此，若從文字書寫的表現形式上來看，我們不僅可以發現秦印多樣性的風格，更可以了解它所包含的"文質兼備"之美。王北岳先生曾依據其篆法藝術性風格，將其概略區分為五大類，一為「婉通典雅」，二為「倚側交錯」，三為「古樸遒逸」，

〔註3〕《古今印制》，一卷，清孫光祖撰，韓天衡《歷代印學論文選》第一編〈印學論著〉，
頁279。此編據《篆學瑣著》本校堪。

四爲「方實厚重」，五爲「斑爛天眞」。不過除上述五種因爲書體的不同所衍生的風格之外，秦印由於鑿製手法的不同，亦會產生不同的書風，經過歸類分析，尚覺可歸納第六種風格，爲「輕捷婉轉」，今試就上述風格歸類，作一論述：

1、婉通典雅：

此類秦印，具婉約通順的筆意，印面安排勻稱妥貼，其筆劃繁者不覺其繁，少者不覺其少，在清朗佈局之中，透顯渾古之勢，呈現出精典雅緻、平和祥穆的面貌，如〈高陵右尉〉（圖 5-70），布局不求變化但力求穩當，文字線條粗細一致，平均分布於界格之中，線條略爲肥厚，但極穩當。〈弄狗廚印〉（圖 5-71），亦以求穩定爲主，邊欄界格均等，文字置於其中自然平穩，但文字筆劃「狗」、「廚」繁而「弄」、「印」簡，爲求其平衡，乃採繁簡二字對角布局，相互呼應達於均衡。〈王窒〉（圖 5-72）一印，肇因兩字筆劃差異甚大，布局爲求均衡，「王」字上二橫畫上撐，與邊欄接，印面重心自然上提，下一橫畫下移，於中間界格接，佐以「窒」字均衡佈局，將其空白包覆於整體印面中間，使之不至頭輕腳重，巧妙達於穩定。〈南盧〉（圖 5-73）此印則配合其文字筆劃，將「南」字界格上移，保留下部界格較大空間，以方便「盧」字繁雜筆劃布局，巧妙雖有不同，但其旨要相同，即是力求畫面均衡安祥。此風格印，印文小篆筆劃則略取方勢，以規整爲主，尚不求過多變化。此類印風，另有〈旃郎廚丞〉（圖 5-74）〈字丞之印〉（圖 5-75）〈彭城丞印〉（圖 5-76）〈邦侯〉（圖 5-77）〈菅里〉（圖 5-78）〈張啓方〉（圖 5-79）〈王嬰〉（圖 5-80）等，其中官印較多，私印較少，朱文印則有〈市亭〉（圖 5-81）一印，其印風亦屬婉通典雅。

高陵右尉（圖 5-70）　　弄狗廚印（圖 5-71）　　王窒（圖 5-72）　　南盧（圖 5-73）

旃郎廚丞（圖 5-74）　　字丞之印（圖 5-75）　　彭城丞印（圖 5-76）　　邦侯（圖 5-77）

菅里（圖 5-78）　　張啓方（圖 5-79）　　王嬰（圖 5-80）　　市亭（圖 5-81）

2、倚側交錯：

　　為求印文平整，伸縮文字所佔空間，移動筆劃位置，左挪右移，交錯盤疊，極倚側之逸趣，而不落紊亂，得靈動之氣，如〈令狐皋〉（圖 5-82）、〈上官董〉（圖 5-83）二印，複姓姓名私印，兩印姓氏皆上移，以「上」界格左右分開，單名一字獨自布於下方界格內，所佔面積為上部界格 1/2 強甚至 2/3 範圍，治印以鑿刻為主，印文線條圓轉靈動，布局盤錯交疊，界格並非平行垂直線條，或有傾斜，或缺單邊邊欄，甚為活潑多變。另〈享臘〉（圖 5-84）一印，圓形私印，依其印文筆畫繁簡左移右讓，印文配合圓形印式自然形成弧形印字，以布滿印面為主要面貌呈現。而〈王戲〉（圖 5-85）一印，布局雷同上述〈王窒〉（圖 5-72）一印，惟其印文不求工整平順，以自然逸趣為主，且邊欄多殘破，更以「王」字上部橫畫取代上部邊欄，印文與邊欄界格交錯互資彰顯其效果，「戲」字「戈」部改方直筆順為斜筆，所形成之空正與「王」字的空處形成呼應，自成一番風貌。此類印風，尚有〈姚鄭〉（圖 5-86）〈趙相如印〉（圖 5-87）〈杜□臣〉（圖 5-88）〈公孫齮〉（圖 5-98）〈慶印〉（圖 5-90）〈郭等印〉（圖 5-91）〈張去疢〉（圖 5-92）等印，此類風格以私印文主，或因私印形制較不及官印嚴謹，有其活潑靈動的機變，另有〈寺工〉（圖 5-93）朱文印，風格亦同。

令狐皋（圖 5-82）　　上官董（圖 5-83）　　享臘（圖 5-84）　　王戲（圖 5-85）

姚鄭（圖 5-86）　　趙相如印（圖 5-87）　　杜□臣（圖 5-88）　　公孫齮（圖 5-89）

慶印（圖 5-90）　　郭等印（圖 5-91）　　張去疾（圖 5-92）　　寺工（圖 5-93）

3、古樸逍逸：

去古未遠，印面文字天真自然，古茂樸質，有三代遺風，渾實中見巧拙，端樸若古佛之容，如〈邦司馬印〉（圖 5-94），以鑿印刻鐫而成，四處可見用運刀之鋒利，尤以十字界格最是明顯，下刀輕捷，運刀渾勁，收刀快意，印文鑿刻隨意自然，不假雕飾，意在樸拙，雖以小篆入印，有大篆遺韻。〈離丞之印〉（圖 5-95），意更古拙，邊欄以單刀快速帶過，不做覆刻，時有斷續殘破，中界格則重複奏刀，至線條遒勁厚實，印文則恣意覆刀，以致文字線條崩裂、筆劃重疊，似如「丞」、「之」字與界格接合，隨意之至，率意自然。〈利紀〉（圖 5-96）與〈和眾〉（圖 5-97）　二印，小篆入印，大篆行筆，筆勢圓活厚實，不見雕琢經營之跡，因以刀直接鐫刻，直線或有傾斜，或有斷續，如邊欄界格線條一般，但風韻猶古，妙趣自成。此類印風另有〈芷陽少內〉（圖 5-98）〈都亭〉（圖 5-99）〈李萃〉（圖 5-100）〈趙犢〉（圖 5-101）〈郝氏〉（圖 5-102）〈相念〉（圖 5-103）〈中壹〉（圖 5-104）〈王廖、中壹〉（圖 5-105）。

邦司馬印（圖 5-94）　　離丞之印（圖 5-95）　　利紀（圖 5-96）　　和眾（圖 5-97）

芷陽少內（圖 5-98）　　都亭（圖 5-99）　　李萃（圖 5-100）　　趙犢（圖 5-101）

郝氏（圖 5-102）　　相念（圖 5-103）　　中壹（圖 5-104）　　王廖、中壹（圖 5-105）

4、方實厚重：

　　治印主方正有秩，印字則中宮緊斂而圓滿，線條厚實直拙，體態舒朗自如，佈局力求呈現平穩嚴謹、磅礴開張之氣勢，其風格開漢印方厚之先路，如〈左厩將馬〉（圖 5-106），邊欄界格線條勻稱厚實，文字線條亦圓滿豐厚，布局以滿白爲尚，少留空處，印文筆畫方中帶圓，求其運刀似筆，有書風，不似漢印方折嚴謹，求其渾樸豐茂。〈邦侯〉（圖 5-107）一印，半通印制，印面方直，邊欄界格隨其印面，線條平直順暢不逾矩，印文亦滿白文，惟比畫線條方折之勢亦有圓轉，似先鑄印，後以鑿刀修整，故有一字二勢，如「邦」字，左部圓轉，右部方摺，甚是機變巧勢。另〈和眾〉（圖 5-108）吉語印，印式方實平穩，線條平直、粗細一致，治工甚是嚴謹，印文亦以方直爲本，惟其「眾」字下部三「人」字，改方筆爲圓筆，於嚴謹布局之中，增添一絲靈動，妙趣橫生。〈私印〉（圖 5-109）　此印，亦應是先鑄後鑿，故「印」字僅起筆尖出，後行筆轉折緊貼邊欄而行，有棱有角，方直謹愼，「私」字右部已與邊欄相接，形成大片布白，似修鑿時不愼與邊欄合，另中間界格，則巧妙以「私」字「禾」部筆順自成其分界，省其直豎格線，是其巧變之處。此類印風秦印，另有官印〈南海司空〉（圖 5-110）〈都侯〉（圖 5-111）〈武柏私府〉（圖 5-112）〈私府〉（圖 5-113）等印，私印則有〈楊柏〉（圖 5-114）〈趙游〉（圖 5-115）〈上官越人〉（圖 5-116）〈思言敬事〉（圖 5-117）等。

左厩將馬（圖 5-106）　　邦侯（圖 5-107）　　和眾（圖 5-108）　　私印（圖 5-109）

南海司空（圖 5-110）

都侯（圖 5-111）

武柏私府（圖 5-112）

私府（圖 5-113）

楊柏（圖 5-114）

趙游（圖 5-115）

上官越人（圖 5-116）

思言敬事（圖 5-117）

5、斑爛天真：

歷經土花斑剝，但似荒江僵木，雖經多槎枒，而生氣內藏，猶不經人工雕琢，而天趣之意自成，醇古氣韻，清晰可感，如〈長平鄉印〉（圖 5-118），意在率眞古拙，有自然渾成之姿，鑿印運刀四處可見快意適趣，印文樸拙不假雕飾，線條或粗或細，不求均衡，界格傾斜斷續，邊欄已然殘破，不具匠心，獨留天趣。〈右司空印〉（圖 5-119）印面殘損，似經自然鏽蝕，「右」、「空」、「印」字皆有毀損，「空」字更是幾不可辨，僅「司」字較爲完整，邊欄多以蝕毀，僅右下角尚有殘遺，印如蛀蟲啃食，斑駁滄桑，如神工非匠意。〈市印〉（圖 5-120）一印，「市」、「印」二字左部線條與邊欄鏽蝕殘損，已無界線，一體融合，僅剩右部邊欄界線明晰，方形基本印式姿態早已蕩然，印面風格自然形成誇張不對稱，有封泥遺風，鬼斧神運，〈趙勁〉（圖 5-121）印，應是先鑄印後雕鑿，再經土花剝蝕，線條渾勁似抖書，印面滿白意自空，右上左下、上左下中邊欄殘損不見，卻自然形成對應，非人工刻意經營，而是天趣自成，偶然遺韻。另此類印風者尚有〈傳舍之印〉（圖 5-122）〈鈺栗將印〉（圖 5-123）〈工師之印〉（圖 5-124）〈富貴〉（圖 5-125）〈段干義〉（圖 5-126）〈召等〉（圖 5-127）等印，其中朱文印〈軍市〉（圖 5-128）和印陶〈咸郖里驕〉（圖 5-129），其印風亦應可歸屬與此類。

長平鄉印（圖 5-118）

右司空印（圖 5-119）

市印（圖 5-120）

趙勁（圖 5-121）

傳舍之印（圖5-122）　鈺枲將印（圖5-123）　工師之印（圖5-124）　富貴（圖5-125）

段干義（圖5-126）　召等（圖5-127）　軍市（圖5-128）　咸鄔里驕（圖5-129）

6、輕捷婉轉：

其印文精細而流動，佈局醇美妙構，呈現舒卷窈窕的體態，但是筆力遒健，仍施勁挺，猶如曲江風度，骨氣峻整，以輕捷之線條而得巧勁質韻，像〈章厩將馬〉（圖5-130），其印文纖細，可見刀鋒銳利，一筆即成，不覆刀，線條遒勁暢達，布局清新，簡潔靜穆，邊欄殘破，似有若無，十字格線，勁勢強健，界線分明，使其印制活潑不呆版，是其鑿印之精工。〈李唐〉（圖5-131）一印，方直為上，邊欄界格線條力求平行垂直，惟單刀一筆妥當，似有曲意，印文方折挺勁，不求圓轉，不假思索，意隨筆到，使之「唐」字過於擠塞，可見治印之人，自適快意，任性所在。〈桃目〉（圖5-132）此印，奏刀輕盈快捷，自信於胸，邊欄方直，印文圓轉，線條似水流利，清新婉約，天姿卓麗。〈賈祿〉（圖5-133）一印，下刀似有所思，邊欄斷續不連接，「賈」字小篆入印，方直均衡，線條方折意圓滑，俊逸簡潔，「祿」字陡然一變，大篆遺韻盡出，線條歪斜，布局甚亂，極無章法，似不同人鑿治，惟皆以單刀入印，求其意快力勁。另有〈右司空印〉（圖5-134）〈喪尉〉（圖5-135）〈王大于〉（圖5-136）〈李屠〉（圖5-137）〈王駔〉（圖5-138）〈石驚〉（圖5-139）等印，〈萬歲〉（圖5-140）〈思事〉（圖5-141）兩朱文印，其印文線條纖細娟秀，亦是此類風格。

章厩將馬（圖5-130）　李唐（圖5-131）　桃目（圖5-132）　賈祿（圖5-133）

右司空印（圖5-134）

喪尉（圖5-135）

王大于（圖5-136）

李屠（圖5-137）

王駔（圖5-138）

石驚（圖5-139）

萬歲（圖5-140）

思事（圖5-141）

第三節　近代名家秦印風格篆刻作品賞析

秦印風格的最大特徵，爲白文有邊欄，中有界格，方形印爲田字界格，長形爲日字格。篆文則結體緊湊，筆法自然有力，頗富特徵。而明清近代印人對秦印認知尚屬模糊階段，因此常會將六國古鉨誤認爲秦印，在前述章節已有論述，但是對眞實秦印風格的璽印形式，還是可以在明清印人的創作中發現，雖然其認知或許有誤，但是就其形式上是無可置疑的，因此就其藝術創作風格及秦印形制延伸創作上亦可做一論述。

再者，近代印人應用秦印風格形式的創作，或有仿秦官印形制者，或有仿秦朱文私璽者，亦有更多印人取其秦印的特徵，或綜合漢印、碑帖或古封泥形式，融合貫通、參酌借用，轉化創作另一具有象徵秦印風格的作品，今舉其名家秦印風格創作之作品做一風格析論。

1、鄧石如（1739～1805）

原名琰，後以字行，字頑伯，號完白。少工書嘗客江寧梅鏐家，得縱觀秦漢以來金石善本，每種臨摹各百本。篆刻初學何震、程邃，且又得力於書法，開啓了以書入印，將章法、刀法合一，形成了特有的渾樸、蒼勁、清新流利的風格，包世臣推崇其「書從印入、印從書出」，擺脫了當時以秦漢璽印、繆篆爲本的規則。是「皖派」中的創新者，故又稱「鄧派」。其所刻〈石戶之農〉（圖5-142）是典型秦官印布局，全印四周均有留紅，單字之間有一清晰的十字界格，

印文字體方正飽滿，似西漢初期印式，仿印味道甚重。另〈休輕追七步須重惜三餘〉印（圖5-143）鄧氏將秦官印傳統白文界格形式轉換運用在朱文印中，邊線細於於文字線條，但運刀方式與文字運刀相同，純用沖刀，線條流利清心，是其秦印形式的轉化運用印式，是爲經典佳作。〈虎門師氏名範之章〉（圖5-144），則爲多字白文印，印中文字被十字線條分割爲八塊均等空間，印文均衡佈於方格之中，有其渾厚樸實書風，在章法構思中使用文字連接邊欄、界格，渾然一體。其次如〈芍農〉（圖5-145）一印，亦是秦印形式的轉化，僅中有一直豎界格，似半通印形式，但無邊欄，頗有逸趣，印文婉約質樸，天趣自成。

石戶之農（圖5-142）

休輕追七步須重惜三餘（圖5-143）

虎門師氏名範之章（圖5-144）

芍農（圖5-145）

2、趙之謙（1892～1884）

初名鐵三，字益甫，後改名之謙，字撝叔，號悲盦，咸豐九年舉人。工書法、善篆刻，初從浙派入手，進而對秦漢璽印、宋元朱文及皖派篆刻深入研究，刻印工整秀逸，章法講究，後從師鄧石如，廣泛吸取秦漢詔版、碑額、錢幣、鏡銘等字體入印，古勁渾厚、別創新格。其所做〈遂生〉（圖5-146）一印，爲秦印半通印形式，爲橫向日字格，文字方正，印面多以印文外沿的自然留紅自然

形成邊欄，並從秦印邊封泥欄殘損斑駁的風貌中獲得啓發，印面施以殘破，「遂」字筆畫較繁密，右邊欄殘破併筆，可以改變悶塞之感，又造成印面四邊變化，意在再現古碑的蒼茫雄渾，樸茂典麗。

另如〈鉅鹿魏氏〉（圖 5-147）〈男兒生不成名身已老〉（圖 5-148）〈績溪胡澍、川沙沈樹鏞、仁和魏錫曾、會稽趙之謙同時審定印〉（圖 5-149）三印，界格在章法的運用有不可思議之妙。印制類秦，白文宗漢，章法尚嚴密嶄齊，但其中也頗多生動變化，〈鉅鹿魏氏〉採十字界格無邊欄，四字分割相對獨立，通過「鉅」、「氏」二字下垂、提升，成對角留紅之勢，章法錯落有致，頓生新意。這正是十字界格調整疏密的妙用，〈男兒生不成名身已老〉則作九字常見的均衡排列，用流轉多姿的小篆做白文佈局，井字界格的分割使各字亦相對獨立，結體舒展，平中有動，是動靜結合之佳作。趙之謙等四家審定用印，印文則多達二十四字，印面爲橫向矩形。多字印排列通常宜平實嚴謹，忌諱過多虛實交叉形成視覺上的混亂，但此印取意於漢《嵩山少室神道石闕銘》，豎劃界格的使用，除表現碑碣意趣之外，也巧妙避開印面過大、字數過多所容易出現之龐雜，其在秦印形式邊欄界格運用上的睿智，趙氏也給晚清以來的印壇給予巨大影響。

遂生（圖 5-146）　　鉅鹿魏氏（圖 5-147）　　男兒生不成名身 已老（圖 5-148）　　績溪胡澍、川沙沈樹鏞、仁和魏錫曾、會稽趙之謙 同時審定印（圖 5-149）

3、黃士陵（1849～1908）

字牧甫，亦作穆父，別號黔山人、倦游窠主。僑居廣州頗久，幼承家學，精研篆籀，兼通繪事及拓製銅器銘文。篆刻早年摹擬吳熙載、趙之謙、丁敬、黃易諸家，後師法秦漢璽印，參以三代金文漢石筆意，以中鋒刻出漢印銛銳棱峭、高古樸拙的韻味，穩中見勁，挺勁秀雅，世稱「黔山派」，又稱「粵派」。所刻〈仲珏〉印（圖 5-150）〈俞旦〉印（圖 5-151），是標準秦官印形制，爲日字格半通印，風格樸素自然，典雅大方，用刀平滑流暢，爽利之中不失渾厚，字體平實穩重，沖鑿意味濃重。〈紹憲之章〉印（圖 5-152）同爲秦印制度，但印文爲

大篆，用字非常圓渾，刀法沖切並用，下刀深重，線條粗細變化微妙，且稍事殘破，有蒼穆渾厚之意。〈長生無極〉印（圖5-153）則章法左疏右密，對比強烈，用刀雖淺，但非常犀利快捷，線條勁健鯁直，鋒芒逼人。〈俞伯惠〉印（圖5-154）〈崇徽〉印（圖5-155）則為秦私印形制，為姓名私璽，一正一圓，邊欄殘破斷續，虛實相映、參差配合，線條的兩端起止處及中段用刀隨意自然，不事雕琢，輕捷之中自有樸實之意。黃氏所做皆為典型秦印形制，惟其認知皆以仿漢印稱之，如〈崇徽〉一印，其款以「漢人界格印…」，是當時一般篆刻家的通病。

仲珏（圖 5-150）

俞旦（圖 5-151）

紹憲之章（圖 5-152）

長生無極（圖 5-153）

俞伯惠（圖 5-154）

崇徽（圖 5-155）

4、吳昌碩（1844～1972）

原名俊，一名俊卿，字昌碩，別號苦鐵，又署破荷，七十後以字行。二十九歲時到蘇州在潘伯寅（祖陰）吳平齋（雲）吳大徵處獲見古代彝器及名人書畫。從楊見（峴）進修文藝、書法篆刻，書法以石鼓文最為擅長，用筆結體，一變前人成法，力透紙背，獨具風骨。篆刻，初從浙、皖諸家入手，上溯秦漢印，後取法鄧石如、吳熙載、趙之謙各家之長，不蹈常規。擅以石鼓文蒼樸雄渾筆法入印，鈍刀硬入，樸茂蒼勁，前無古人，後世稱「吳派」或「海派」。所刻〈士凱之印〉（圖5-156），秦印形制，其款誤識曰：「此刻仿漢尚不惡…」，漢以格線而言，較為板滯，此印邊欄極為靈活，格線有粗細、起落、收斂之筆意，與字畫之相讓相接及各邊之殘皆有變化而又氣勢相通，古樸自然，較近秦代印。另〈擊廬〉（圖5-157）〈劉五〉（圖5-158）兩印，方形半通印形制，〈擊廬〉的「擊」字左右結體對稱，然上「午」部左起筆方，右收圓筆，形成「午」左重右輕，

然右筆與邊相接又形重，巧妙與「廬」字繁複之筆劃自然形成平衡之勢，且左無邊線，是以「廬」字「广」部取代邊欄，以減緩其兩字筆劃落差所易產生之不均衡感，甚爲巧妙。〈劉五〉一印，亦是採相同章法，據印文筆畫多寡，左有邊欄而右採暗示性邊欄，亦爲取其畫面之平衡。〈抱陽〉（圖5-159）〈楓窗〉（圖5-160）兩印，方形半通印形制，一爲橫式日字格，一爲直式日字格，亦秦半通印形制，〈抱陽〉印，印文爲大篆，圓渾飽滿，邊欄則多斷殘，左邊欄甚已蕩然無存，因此中豎格線反顯張目，使兩字界線明確，平穩置於格內。〈楓窗〉一印，細邊而粗文，形成強烈對比，印文線條粗曠，顯得厚重結實，但略嫌粗實，故佐以細邊欄，雖顯贏弱，但與粗文相較，則相輔相成，巧得天工。另如〈宿道〉（圖5-161）〈陶心雲〉（圖5-162）兩印，爲秦半通印創作之轉化，中有橫向界格而無邊欄，〈宿道〉印文線條厚實，以滿白文形式呈現，〈陶心雲〉則爲三字重疊，印面較長，易空，但反不以滿白布局，而採二橫界置於三字之間，增加上下字間之團緊。〈餘杭褚德彝吳興張增熙安吉吳昌碩同時審定印〉（圖5-163），此印亦取意於漢《嵩山少室神道石闕銘》，印扁長，多爲豎界，與邊相合，是爲多字共處而設置，各行四字，揖讓有禮，承接有序，界格雖粗，但邊界有空，並與印文粗劃相映，呈現緊密團結，氣勢開張之勢。

士凱之印（圖5-156）　　擊廬（圖5-157）　　劉五（圖5-158）　　抱陽（圖5-159）

楓窗（圖5-160）　　宿道（圖5-161）陶心雲（圖5-162）　　餘杭褚德彝吳興張增熙安吉
　　　　　　　　　　　　　　　　　　　　　　　　吳昌碩同時審定印（圖5-163）

5、徐三庚（1826～1890）

　　字辛谷，又字詵郭，自號金罍道人。工篆隸，能摹刻金石文字，常用〈天發神懺碑〉字體入印，別有創獲。書法篆刻皆疏密有致，刻印上規秦漢，白文

流轉方峭，朱文飄然雋逸，于吳熙載、趙之謙諸家而後自有面目。刀法凌厲猛勁，不加修飾，有生辣遒勁之致，近時篆刻家多宗之。所刻〈王引孫印〉(圖 5-164)〈竹如意居〉(圖 5-165) 印，爲早期學浙派印風所做秦印，〈王引孫印〉爲秦官印形制，氣息古樸醇厚，章法平正中見靈動，線條凝煉簡潔，刀法切刀爲主，沖刀爲輔，邊多殘破，虛實相映。〈竹如意居〉爲朱文界格印，線條光潤挺勁，具有流動的筆勢。〈安且吉兮〉(圖 5-166)〈秋嵒〉(圖 5-167)〈受花〉(圖 5-168) 等方形印與〈鄰煙〉(圖 5-169)〈清河〉(圖 5-170) 等長形印，是其學秦印時所作印，爲早期作品，〈安且吉兮〉、〈秋嵒〉印方形田字及日字格，印風古雅遒麗，章法平穩，篆法形方勢圓，運刀輕快，沖刀披削，正偏合用。〈受花〉一印，篆法風姿卓越，圓轉流麗，純以沖刀爲之，刀角入石淺，運刀含蓄而輕鬆，若無阻滯。〈鄰煙〉、〈清河〉兩印，長形日字格，風格樸拙有古意，運刀深埋潛行，輕重提按明顯，出鋒爽利，不事雕琢，質樸中隱見風姿，一爲婉轉遒勁，一爲渾厚樸拙。

王引孫印 (圖 5-164)　　　　竹如意居 (圖 5-165)　　　　安且吉兮 (圖 5-166)

秋嵒 (圖 5-167)　　　受花 (圖 5-168)　　　鄰煙 (圖 5-169)　　　清河 (圖 5-170)

6、吳熙載（1799～1870）

原名廷颺，五十後以字行，號讓之，嘗自稱讓翁，又號晚學居士、方竹丈人。書畫篆刻俱精，少爲包世臣入室弟子，工四體書，尤精篆、隸。篆刻初學漢印，後宗鄧石如，而于秦漢璽印探討極深，運刀行氣不習其面目，故刀法圓轉，氣象駿邁，質而不滯。亦自稱面目，爲時所宗尚。所刻〈岑鎔私印〉(圖 5-171)，秦官印形制，用刀輕鬆俐落，富情態變化，裏刀出鋒，有奔突之狀，質樸有古味。〈楚客〉(圖 5-172) 一印，露鋒橫中，可看出其運刀方向，字形筆劃皆末尾出

鋒，有蒼茫意趣，然過份則易有粗率弊病，但因巧妙運用邊欄形成阻線，避其
鋒芒太露之害。〈吳熙載字讓之〉（圖5-173）印，為多字界格印，字形線條粗細變
化大，收筆回鋒意味濃厚，甚有筆意。〈鎔印〉（圖5-174）〈仲陶〉（圖5-175）二印，
秦半通印制，用刀圓轉含蓄，圓潤雅致，平中寓奇。〈正鏞之印〉（圖5-176）〈抱
罍室〉（圖5-177）〈仲陶〉（圖5-178）三印，為朱文界格印式，〈正鏞之印〉在轉折處
都採用轉刀之法，使筆劃轉折處呈現外方內圓之狀，文字線條與格線粗細一致，
似披削之法，渾樸明暢，似浙派印風；〈抱罍室〉、〈仲陶〉則採寬邊細朱文形式，
注重粗細虛實，同中求異，〈仲陶〉一印中界格與印面文字粗細一致，自然融入
印文之中，結合呈現一體，頗有特色。

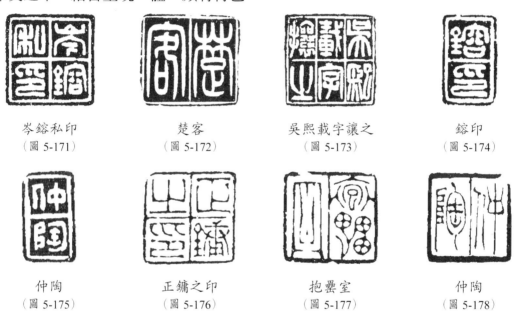

岑鎔私印 （圖5-171）	楚客 （圖5-172）	吳熙載字讓之 （圖5-173）	鎔印 （圖5-174）
仲陶 （圖5-175）	正鏞之印 （圖5-176）	抱罍室 （圖5-177）	仲陶 （圖5-178）

7、喬大壯（1891～1948）

原名曾劬，累代書香，精通諸子百家，有奇才，尤善詩詞。篆刻出自黃牧
甫，喜以大篆入印，自出機杼，新意迭出而復歸於工整。曾為徐悲鴻、潘伯鷹、
沈尹默、劉海粟、傅抱石等藝文俊彥治印。喬氏治印喜用界格，所刻〈北平方
宇〉（圖5-179）〈尹默〉（圖5-180）二印，坐臥倚立，各隨己便，有疏有密，氣脈流
轉，清新流麗。〈郭有守〉（圖5-181）一印，以籀文入印，有古味，文字線條纖細
活潑，多圓轉含蓄，〈橋瘁〉（圖5-182）一印，長形界格印，文字線條亦是纖細規
整，小篆入印，俊逸平整。另〈大壯〉（圖5-183）〈喬大壯〉（圖5-184）兩印，秦系
私印形制，一方一圓，〈大壯〉籀文入印，印文圓轉易不穩，藉由邊欄包覆使之

穩定，然未免呆滯於左上右下角邊欄使之殘破，並相互牽引以達平衡，使之靈活機變，渾圓古樸。〈喬大壯〉印取圓形三面界格印，文字圓轉回環，三字筆線接邊處接殘損破出，全印以中央「人」形界格為核心，成放射狀，線條峻整，俊秀清逸。〈夜吟應訝月光寒〉（圖5-185）印，於印中界格採挪讓技巧，於左邊第二根豎格線讓給「寒」字，以其「寒」字為邊欄，可謂平中寓奇，巧得天工。〈克嵩草聖〉（圖5-186）〈建築師劉濟華〉（圖5-187）二印，朱文界格印，〈克嵩草聖〉以大篆入印，卻改大篆之渾圓為方直，方直之中寓以圓轉，整齊之中呈現活潑空靈的韻致。〈建築師劉濟華〉印，小篆入印，印文線條清新秀麗，六字分隔獨立卻相互呼應，均衡中寓有變化，既統一，又活潑，溫潤嫻雅、落落大方。

北平方宇　　　　尹默　　　　郭有守　　　　橋瘁　　　　大壯
（圖5-179）　（圖5-180）　（圖5-181）　（圖5-182）　（圖5-183）

喬大壯　　　　夜吟應訝月光寒　　　　克嵩草聖　　　　建築師劉濟華
（圖5-184）　　　（圖5-185）　　　　（圖5-186）　　　　（圖5-187）

8、王禔（1880～1960）

　　原名壽祺，字維季，號福庵，齋名「麋研齋」，精算數，工書，鐘、鼎、楷、隸無不能。性喜蓄印，自稱印傭。所治印初學浙派，後師法吳熙載、趙之謙，並多涉古璽及秦漢金石文字。所做刀法凝煉，嚴謹工穩而不逾矩，有淳樸高古之風，晚年又仿封泥遺意，愈蒼勁古樸。所刻〈上章敦牂〉（圖5-188）〈王禔好鈢〉（圖5-189）〈晉生心賞〉（圖5-190）三印，皆田字格秦官印形制，惟三方印風皆有其特殊面貌，〈上章敦牂〉小篆入印，中間十字界格與邊欄不完全連接，精工秀雅，清新流麗，自有一番風味。〈王禔好鈢〉邊欄殘破樸拙，不飾雕琢，以六國古鈢文字入印，風格雅致，質樸遒逸。〈晉生心賞〉則以大篆入印，渾圓高古，

樸拙厚實。〈甲子〉（圖 5-191）〈福庵〉（圖 5-192）二印，半通印制，〈甲子〉爲橫向
日字格，上緊下疏，文字末筆，與邊欄界格形成垂直，以縱取勢，氣息貫通，
且巧妙運用下部橫線邊欄阻其垂勢，甚爲機靈巧變，〈福庵〉則佈局穩健自適，
邊欄左粗右細，與印文「福」字線條右厚左鬆正好形成平衡，韻趣內斂。〈有窮
逷方絕域盡天下古文奇字之志〉（圖 5-193）印，多字界格，印文方中帶圓，借其
界格平衡畫面文字直豎筆畫，通化自適，出神入化。〈張英心賞〉（圖 5-194）〈俞
氏熾卿〉（圖 5-195）二印，爲朱文界格私印，〈張英心賞〉以大篆入印，圓曲流轉，
形神旨妙，〈俞氏熾卿〉小篆入印，行氣韻律，溫穆清靈，都是其佳作。

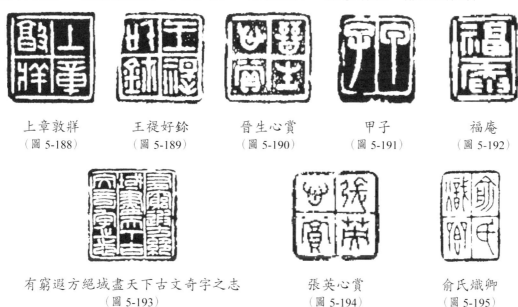

上章敦牂　　　王禔好鈢　　　晉生心賞　　　甲子　　　　福庵
（圖 5-188）　（圖 5-189）　（圖 5-190）　（圖 5-191）　（圖 5-192）

有窮逷方絕域盡天下古文奇字之志　　　張英心賞　　　俞氏熾卿
（圖 5-193）　　　　　　　　　　（圖 5-194）　（圖 5-195）

9、陳巨來（1905～1984）

原名斝，宁巨來，後以字行。號塙齋，又號安持。工刻印，初從陶愓若，
趙時棡，後師法程邃（穆倩）汪關（尹子）巴慰祖諸家。白文、圓朱文皆精，
趙時棡評其爲「篆書醇雅、刻印渾厚、圓朱文爲近代第一」。所刻〈陳巨來〉（圖
5-196）〈安持〉（圖 5-197）二方半通印，篆文豪邁不拘，自然天趣，〈玖廬〉（圖 5-198）
一印，線條流暢俊整，有朱文鐵線篆風格。〈粵人楊慶簪陳金英夫婦珍藏歷代閨
秀書畫之印〉（圖 5-199）多字印，每字單獨分布於格線之中，似詔版，平穩整齊，
神清暢流。〈浪得名耳〉（圖 5-200）一印，爲朱白相間之陰陽印，巧妙運用線條粗
細變化及滿白布局，自然形成界格形式，是秦印形式延伸轉化的創作，至爲罕
見，形神幻化，耳目一新。〈安持千萬〉（圖 5-201）則是以大篆字形入印之朱文界
格印，蒼古頓挫，澀頓拙樸。

陳巨來（圖 5-196）　安持（圖 5-197）

玖廬（圖 5-198）　粵人楊慶簪陳金英夫婦珍藏
歷代閨秀書畫之印（圖 5-199）

浪得名耳
（圖 5-200）　　安持千萬
（圖 5-201）

10、葉潞淵（1907～？）

原名丰，字露圓，後改字潞淵。善書畫，精篆刻，師事趙叔孺先生。篆刻初師陳鴻壽，後專攻秦漢。所刻秦印多為秦私印形制為主，〈石林後人〉（圖 5-202）一印，田字格官印形制，為以大篆入印，字體渾圓古拙，界格邊欄多殘破，有封泥味道，內蘊勁勢，雄邁跌宕。〈蘇人〉（圖 5-203）〈老葉〉（圖 5-204）〈葉豐〉（圖 5-205）〈子在〉（圖 5-206）四印，皆秦圓形私印形式，入印文字皆以大篆入印，印面布局豐厚有韻，邊欄斷殘，古樸拙實，另〈老葉〉（圖 5-207）〈云間下士〉（圖 5-208）二印，秦朱文私印形制，〈老葉〉圓形私印，邊欄粗厚穩重，印面界格及文字線條纖細流暢，佈局凝宕而不輕浮，虛實幻化，靈動巧妙，清麗雅致，是其佳作。〈云間下士〉一印，細朱文邊欄，印文反以厚實大篆呈現，輕捷之中不失穩重，邊欄四方穩當，大篆渾圓多變，規矩中不流板滯，婀娜多姿，精工秀麗。

石林後人（圖 5-202）　　蘇人（圖 5-203）　　老葉（圖 5-204）

葉豐（圖5-205）　　子在（圖5-206）　　葉老（圖5-207）　　云間下士（圖5-208）

11、方介堪（1901～1987）

原名岩，自介堪。擅書畫篆刻及文物鑑賞，其篆刻從吳昌碩上追秦漢璽印。仿漢玉印作品及鳥蟲篆作品尤見功力，並對漢玉印有深入研究。刻印喜用界格邊欄形制，為秦官印的主要形式，所作〈美意延年〉（圖5-209）〈老復丁〉（圖5-210）〈張爰〉（圖5-211）〈朱家濟〉（圖5-212）〈江南惟爾不風塵〉（圖5-213）〈家在第九洞天〉（圖5-214）等印，皆有界格邊欄，或為十字格，或為橫向日字格，或橫向目字格，或多字界格等，加上印文端莊工整，呈現平正肅穆，靜謐安穩之感，頗見古拙樸雅，如〈日有憙〉（圖5-215）一印，雖為圓形私璽，佈局亦工整秀麗，惟邊欄連綿殘破，有滄桑磨礪，自然風化之感。另〈呂靈士〉（圖5-216）一印，形制則相當特殊，採雙邊欄形式，外邊欄粗厚渾璞，內邊欄與印面文字線條秀麗工整，內外邊欄皆有殘破逼邊，有拙趣，神雋味永，沉厚峻厲，使其文字情趣盎然，不失為佳品。

美意延年　　　老復丁　　　　張爰　　　　　朱家濟
（圖5-209）　　（圖5-210）　　（圖5-211）　　（圖5-212）

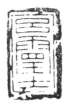

江南惟爾不風塵　家在第九洞天　　日有憙　　　　呂靈士
（圖5-213）　　　（圖5-214）　　（圖5-215）　　（圖5-216）

先秦古璽印及秦印形式在古代的印式中，是歷久不衰的經典範形式之一。深受明清及近現代印人的喜愛與青睞。就其藝術風格而言，其文字奇特，形體

繁複，形制多樣，鈕式特異，章法多變，生動活潑，印面雖小卻大開大合，咫尺千里，甚是巧妙味趣。其文字線條的長短、粗細、斷續、伸縮、屈曲、疏密、增損、以及參差配合，使其文字情趣盎然，風姿卓越。印文排列的穿插、挪讓、虛實、呼應、疏密、輕重對比，以及離合、粘連、姿態搖曳，在合諧中獲得對立統一的整體效果，給人以或自然天成，或精巧工麗，或天真直率，或含蓄委婉，或粗狂恣肆的美感，因此以古借鏡，作為創作的參資借用，是印人學習創作過程中相當重要不可獲缺的一環。

第四節　秦系璽印對後世的影響與實踐經驗

秦系璽印在中國印章史上，有著傳承與延續的重大意義，研究與了解其真實面貌，對於後世用印的制度與發展的影響，越能清晰其脈絡與轉變，對整個史觀的了解也就越清晰透徹，就其歷史的價值來說，印章的發展與豐富的史實緊密相連，璽印的研究具有補史、糾史與正史的功能，尤其是具關鍵發展時代的印制，就如同戰國時期以後，幾乎職官皆已用印，秦之後更形成常規制度。利用璽印的研究，可探查部分史料未載或錯誤的職官制度，了解其當時社會結構，就已獲得相當大的學術成就。

再者，透過古代璽印的文句或是圖案、印制印鈕，都可直接、間接了解一定時期的民俗風情以及社會型態，是重要的民俗學和美學遺產。而且古代璽印所使用的古文字系統，亦是研究中國古文字學極其重要的依據，對中國文字的起源和發展有很大的助益。而各代璽印實物的變化，還可反映出各朝各代形象化的度量衡標準以及鑄造、冶金、金屬裝飾工藝水準等各方面的問題。

就其藝術價值而言，作為一種獨特的藝術類別，印章的實用功能決定了它的印面大小，其實際受體面積雖是有侷限性的，而且印章材質雖多，但是主要是以刀鑄刻，因此使其藝術效果與面積跟材質之間失去了必然的關聯性，使它在形式創作上能獲得較大的深度，甚至在某些程度上突破了二度空間的規範，在其印體上力求變化和創新，亦即鈕式的設計和鐫刻，成為中國雕刻藝術的另一種體現，形成了"印面"與"印體"藝術形式，完整的組合成中國的篆刻藝術。現今再經本文深入賞讀古今秦印作品的創作表現，分析研究秦印作品特質，以及近現代秦印篆刻創作作品賞析。可發覺其文字的寫

法、章法布局也都是可獨自發展，形成了符合各朝各代印章發展規律的印面字體，就如秦 "摹印篆" 的產生。而在其藝術價值中，因而形成獨具特色的篆刻藝術，亦中國特有的藝術表現形式，尤其發展到明清時期，各大流派及印人輩出，篆刻藝術它融合了書法、雕刻、繪畫三者于方寸之中，通過各種篆法、章法及刀工，表現出特有的篆刻風貌和藝術魅力。所謂 "治印六長，粗魯中求秀麗，小品中求力量，填白中求行款，柔弱中求氣魄，古怪中求道理，蒼勁中求潤澤，即是如此。

　　當我們愈了解秦系璽印的藝術價值與時代傳承意義之後，可發覺秦系璽印印式特色及風格，已漸漸被世人所接受運用，近年來更是被許多近代篆刻家所借資創作，不僅風格眾多，創作時更增添些許新意，不斷的與其他形式的印章風格互資參用，今列舉台灣與日本幾位前輩篆刻家的實踐經驗，讓我們更加了解秦印對後世創作承續的影響。

1. 王北岳

　　刻印喜用籀文入印，風格樸實自然，所刻〈教始慎微〉（圖 6-1），標準秦官印形制，中間十字界格直線未與邊欄銜接，乃因「始」字「女」旁與「微」字「攵」旁筆勢下墜，避免產生三條垂直重複筆勢，印文圓轉，平衡邊欄界格容易產生之嚴謹僵直，緩和其畫面過於嚴肅。〈十喜〉（圖 6-2）則採上無邊欄之姿，欄線愈近下部，線條越粗，取其穩重，避免頭重腳輕之感，印文與其欄線味道相融，古拙樸實。〈燕人〉（圖 6-3）圓形私印，利用「燕」字字體本身作為界格，巧妙融合原有格線，加上籀文之自由形態，使其畫面清新流動不繁雜。〈北一山人〉（圖 6-4）古鈢寬邊系朱文形式，但借用秦印田字格「十」字線條於印內，避免大篆字形意流於空洞之弊，強化其印面結體的緊實，使其中宮緊收，不鬆散。〈不差〉（圖 6-5）則強化其破邊效果，但不失平衡，求其蒼勁斑斕之效，皆為秦印創作運用的佳作典範。

教始慎微（圖 6-1）

十喜（圖 6-2）

燕人（圖6-3）　　　　　　北一山人（圖6-4）　　　　　　不差（圖6-5）

2. 梁乃予

治印風格清新流利，秦印形制入印，亦喜用籀文文字入印，亦是避免因爲垂直平行的欄線，加之方正印文易流於板滯，是近代印人於篆刻創作時的美感經驗，〈一切爲心造〉（圖6-6），跳脫五字印文不用界格之漢印概念，仍採用「田」字界格，而將筆劃較少的「一切」至於同一格內，不僅破除四格五字之限，更使畫面平穩，不致過於虛空。〈得意忘形〉（圖6-7）亦田字格官印必四方爲主，而以長方形布局，但未配合其制，印文改圓渾籀文爲瘦長，是其巧意變通。〈莊嚴〉（圖6-8）至善（圖6-9）二印，皆秦半通印制，惟風格迥然不同，配合印文字意，「莊嚴」即爲古樸典雅，「至善」則美善俊逸，端視創作者巧思匠意。〈德不孤〉（圖6-10）此印則採三格橫向邊欄的創新秦式印風，配合其畫面美感，印文大、小篆字互資運用，呈現整體畫面最佳畫面效果。

一切爲心造（圖6-6）　　　　　　　　得意忘形（圖6-7）

莊嚴（圖6-8）　　　　至善（圖6-9）　　　　德不孤（圖6-10）

3. 吳平

治印私塾鄧散木，喜用封泥遺韻入印，所刻〈貞貞眞眞〉（圖6-11）一印，妙

趣橫生，上「貞貞」朱文界格、下「眞眞」白文界格，上下連印，一朱一白，虛實相映，令人耳目一新。〈吳〉、〈平〉(圖6-12) 姓名印，〈吳〉一印，白文邊欄印式，邊欄多殘破，有封泥味，〈平〉印，白文印，三邊有邊欄，上無邊欄，引「平」字上部橫劃借邊，取代其上部欄線，二印合用，更具巧思，成秦印「日」字格半通印制，印文布局，「吳」字重心右移，「平」字重心左移，兩印併排，互成對應，使印面安祥平穩，極具妙趣。〈君香室〉(圖6-13) 一印，亦別具心裁，利用印文本身筆劃，即「香」字「禾」部和「室」字「宀」部，自然形成視覺上之「卜」形界格，是秦印章章法布局的運用，得天機神妙。〈獻醜〉(圖 6-14) 一印則以封泥形式入印，多採印文接邊法，強化其印面效果，大開大合，勁勢雄渾。〈福壽綿延〉(圖6-15) 則採朱文界格印，邊框纖細，惟下面框線強化增重，使其中心沉穩，印文線條多以沖刀行之，意在樸拙古味，也是古韻佳作。

貞貞眞眞 (圖6-11)

吳平 (圖6-12)

君香室 (圖6-13)

獻醜 (圖6-14)

福壽綿延 (圖6-15)

4. 小林斗盦

日本篆刻名家，治印極為強調章法布局，所刻〈柔遠能邇〉(圖6-16) 一印，秦圓形私璽形制，入印文字為大篆，布局不求奇險，僅求平均布白，文字排列亦不求端正，但求畫面空間均衡，邊欄多有殘損，求其蒼古遺韻。〈謹身〉(圖6-17) 一印，僅留左右邊欄，上下殘虛或無，強化「身」字二平行斜劃，使其畫面產生動勢，巧妙自有道理。〈默而識之〉(圖6-18) 則採小篆入印，布局但求簡潔清爽，駿逸順暢，雖圓形印制，但印文不隨印制流轉，印文力求端正，有別於〈柔遠能邇〉一印的章法，自有自然風趣。

謹身（圖6-17）

柔遠能邇（圖6-16）

默而識之（圖6-18）

5. 柳澤芥舟

日人，所刻〈學步于邯鄲〉（圖6-19），亦爲圓形私璽印制，邊欄亦多殘破，印印布局倚側交錯，章法或正或斜，趣韻自生，妙意自成，四處可見創作者自由心證，快意之致。

學步于邯鄲（圖6-19）

默默者存（圖6-20）

6. 和中簡堂

日人，所刻〈默默者存〉（圖6-20），秦橫向「日」形界格印，但右部與上部不用邊欄，以其印文筆畫接邊或邊界殘損強化其畫面效果，求其封泥古韻，印文結字奇特，有古文風味。

7. 小原撫古

日人，所刻〈遊目騁懷〉（圖6-21），橫向「日」形界格印，邊欄界格多殘破，取其拙味，印文方中有圓，不守邊線，文字突出欄界，或與邊接，意在隨性。

遊目騁懷（圖 6-21）　　　　　　　　　施氏鄰（圖 6-22）

8. 關　正人

　　日人，〈施氏鄰〉（圖 6-22）一印，意同吳平〈君香室〉，改白文爲朱文，亦採文字本身筆劃爲界格，求其視覺上效果，邊欄已殘損，取意封泥，味在古拙，惟破邊較不理想，以致右下布局似略顯虛空，氣韻外流，是其小缺憾。

第六章　結　論

　　秦統一六國後，實行「書同文、車同軌」的政治措施。因此命丞相李斯等編撰識字書《倉頡篇》等三篇，頒行天下，作為當時文字教學所用標準字體，但是當時筆寫墨跡有大小長短，而秦官印基本上是方正的，因此為排印方便，便有所謂摹印篆產生，專用於摹寫刻印，因此在璽印上形成一種獨特的書體，從此成為二千多年來篆刻藝術一種特有書體形式。

　　秦印多白文鑿印，而少朱文印，章法或均勻莊重，或綺麗多姿；刀法則方中寓圓，挺勁犀利，其時代特徵甚強。書體以小篆為主，然略帶隸化成分，與秦皇詔版、秦權量等文字風格類似，筆意上與「泰山刻石」、「瑯琊台刻石」也是一脈相承的。秦尚律法，故秦系印篆的布局比之六國各系的古鉥印風詭譎多變，明顯嚴謹規矩，比之漢印文字確不如其方正渾厚，但較少設計化之氣息，反而體勢略帶圓轉，端麗中富自然變化之逸趣。

　　秦官印無論是文字或形制上都趨向整齊劃一，反映了秦始皇推行中央集權政策的雄心。其官印制度更奠定漢魏南北朝官印形制的基礎，其方寸大小之型態、篆書形式等都為後世端為法典，然而它並未僵化板滯，形制上亦已初見制度，在歷來官印制度上，只算是從早期的古璽印式邁向成熟漢印制度的過度轉化時期。

　　但是，漢印由於過度規整化，難免有類同多見、少有新意之感，反觀秦系印式則仍保有刻寫文字的自然天機，從藝術的角度而言，其藝術性遠高於漢印，值得更深入研究與賞析。

第一節　秦系璽印的時代意義

　　而秦系璽印的歷史，雖然時間極為短暫，但卻是由戰國印制向漢印過渡的一個重要階段，舊時學者，常將傳世的朱文小鈢一律通稱為秦印，但事實上這批印章幾乎都是戰國時期六國古鈢，而非秦印。因秦國地處西陲，在今陝西、山西一帶，與六國言，相對封閉，自身政經社會狀況發展也較為穩定，印式自然也較少與他國流通。它的璽印風貌，形體較為方正，文字承繼西周晚期銅器銘文遺風，文字較為整飭和規矩，法度亦較為嚴謹，為了印文的整齊統一，因此使用　"邊欄"或"田"字"日"字界格作為輔助的規範來達其統合的目的。而此種古鈢與秦印不分的現象，直到明代朱簡在其《印品》、《印經》中稱為"先秦印"與"秦璽"，這才逐漸區分開來，定位也才較為準確。

　　不過此後明清時期印人研究印史，卻常過於重視史料研究，對於實物考訂，因資料匱乏，常因理念不同時有爭議，但是伴隨著新出土資料越來越豐富，印人逐漸轉趨於新奇事物之探索，史料舊意，淪胥以溺，重跡象而輕義理，然而對於研究新出土史料，是印證從前出土實物真相必備條件，雖然史料未必正確，但依據新出實物的考證探索，可相互驗證還原真貌，兩者相襯方能未有遺珠之憾，才能辨證璽印的實像。

　　就其秦系璽印而言，具體來說，其劃時代的意義，以字體而論，秦在一統天下之後，首先便是將各國不同字體進行了一番清理和整梳，統一後所採用的文字即是"小篆"，由李斯等編撰識字書，[註1] 頒行天下，以泰山刻石為代表，所勒詔書、通用度量衡器等大都如此；但其中也有部分器物所使用文字的筆畫較為方折，是為特殊功用與需求而制定，即東漢許慎《說文解字》所言，秦書八體"五曰摹印"，專為秦印製作所產生的專用字形，這種摹印篆已經開始有所謂的空間構造和布局，在體勢上也與戰國時期的六國文字逐漸拉開距離，在其文字的處裡手段上也有著本質上的區別。現今經本文第二章的深入探討研

〔註1〕由李斯作〈蒼頡篇〉七章，趙高作〈爰歷篇〉六章，胡毋敬作〈博學篇〉七章。

究，分析其古代璽印文獻資料及相關印學論述、探查歷代金石名家對秦印的認知，應可更深入了解秦系璽印以及古鈢印彼此之間的共同及差異性，也讓世人更了解秦印的眞實風貌，進而達到端正後世印人對秦印的誤識以及辨正明清印人秦印創作風格認知。

再者，就秦印形制上而論，秦代官印有其相對規範的制度，而不像前期六國的印章制度，各自爲政，缺乏法度，大小懸殊，樣式不一。而秦印則將那種有邊欄、界格的類型作爲定律法則，略加修改並保留下來，漸趨消滅了地方色彩和地域因素，逐步形成一種規範和法度，統一了印章製作的格局。也影響日後漢印，甚至魏晉南北朝官印製作的基本型態與模範。如今經過本文究明其秦系璽印印式風格及形制，以及透過郡縣地理、秦官制度及秦印文字用法析探，也應可更明確認識秦印的形制實像。

秦代印章的歷史雖然很短，但在印章藝術的發展史上卻留下了不可磨滅的貢獻，那就是找到了適合於方形印章之內文字的組合規律—摹印篆這種特殊的字體。從此以後促成了漢魏印章藝術的大繁榮。直至現代，仍一直是印章使用文字的主要書體。

第二節　秦系璽印的藝術價值

本文對於秦系官印、私璽及朱文印考述，可讓我們了解到，由於秦印官、私印的區別，以及朱白文、形制大小、工藝水準、製作工序等情況的不同，獲有差異，但畢竟無法完全封閉，在各國之間的交流影響下，其風格也時有近似之處。如六國私鈢，受到實用需要的制約，故小巧，以便攜帶，且多朱文，寬邊，一般都較官鈢爲小，其文字線條多呈勁挺，有秀雅之風。當然不同國家，又各自有所差異。秦代官印以銅質爲主，少有玉、石，一般私印爲主，製作方式多數是鑄燒而成，經過刻模、澆鑄等工序，故線條多含蓄渾圓，而鑄成後如有欠妥之處，又常以刀修改，修改的線畫則有銳利之感。亦有以刀直接鑿刻而成，其字畫兩頭則多尖，呈爲尖銳剛勁之風，自然有明快清新之感。因此就秦印的藝術特點總和來看，字法結體上多任其大小、長短、攲側；章法上時有聚散，皆依其字勢自然發展，順其形態，故顯得自然而質樸。以鑄制而成的秦印，其線多含蓄溫潤，並顯出渾厚雄偉之風。以刀直接鐫刻

者，則顯得銳利勁挺、清新俊逸。這些構成了秦印的基本特徵，也是其藝術魅力的形式因素。

另外，從本文解析其秦印文字字形構形以及對其秦印文字隸化現象析探及字形體勢的變異考察。亦可驗證歸納其秦印特色如下：

一、文字漸趨統一

秦代文字與先秦相比，其發展趨勢是走向嚴謹規整，以平正直豎的線條逐漸取代先秦文字中錯綜敧側的筆畫，顯得統一、整齊，有一定法度。再者秦印印式方正，制作手段多為鑿刻，為了便於刻制，文字改圓為方，轉彎之處多方折，與秦詔版、權、量文字近似，即所謂"摹印篆"。此"摹印篆"與秦印創作的關係，清孫光祖於《六書緣起》即提出其看法：

> 「秦以小篆同文，則官私印章宜用玉箸，而別做摹印篆者，何也？蓋玉箸圓而印章方，以圓字入方印，加之諸字團集，則其地必有疏密不勻者。逸隸形體方，與印為稱，故以玉箸之文合隸書之體，曲者以直，斜者以正，圓者以方，參差者以勻整，其文則篆而非隸，其體則隸而非篆，其點劃則篆隸相融，渾穆端凝，一朝之制也。」

秦代的書體，由李斯進行了整理，印章內所使用的文字基本上以秦篆為基礎，為使之適用於印章方形之內，故印面文字為直豎橫平。然而雖嚴整規矩，但並不板滯，有時為了章法布局的需要，與字勢筆畫的統一，亦不拘泥篆文原有形態，時有增損或位移。此種故意挪移、參差的手法，使字形在統一中富有變化，更顯異趣靈動。與先秦古璽相較，秦印風格中正沖和，結體方正，行款整飭，給人穩定安祥之感。與漢印相比，則秦印布局不求滿實，章法較為險峻得勢，姿態亦顯靈活多姿。

二、印式多用界格

璽印中界格的使用，並非僅秦所單獨所有，戰國楚系、齊系與燕系亦有使用界格情形，但是都僅是少例，秦印則是不論官私印，印面多用界格。官印常見的為"田"字格，與印文字數一樣，多為白文鑿鐫而成。少數為"口"邊格，半通官印多為"日"字格，或橫向"日"字界格。私印中則形制較多，有方形、

圓形或橢圓形等形制，中間亦有界格，或"日"字格或中有"人"字格等。這一特點的形成，是從六國古鉨中繼承而來。但古璽與秦印的界格較容易區分，主要區別在文體之別，一個以大籀，一個以小篆及詔版書。界格的使用，對印面而言，是有很好的協調平衡作用，容易讓印面文字井然有序，並顯得嚴謹莊重，這也使秦印易於區別戰國古鉨以疏密錯落為主的特色，漢印方直平正為主的特色。

三、布局相當多變

秦於政治所施行的強制統一，或許是種思想意識的反映。但秦印文字的布局排列，並未受到統一性的規範，而仍是承繼了戰國時期古鉨印式排列順序的自由作風。這也給予了治印工匠相當自由的發揮空間，為使印面文字能妥善平穩安排，因而創造出的許多新的排列格式以及布字順序（如下圖）。這種恣意沒有定向的安排，雖然給後來的研究學者釋讀時帶來了很多困難，不過仍可從有關的文獻史料的輔佐來加以旁証，或由相關出土史料獲得其驗證，來確定其確切讀法及意思。

2	1
4	3

3	1
4	2

4	1
3	2

3	1
2	4

四、印風俊整有韻

秦印製作有鑄制，也有刀刻，亦有先鑄制後經刀鑴修整，而白文較多，朱文較少，鑿印者線條較粗，顯得豐厚圓潤，較為質樸，勁勢內斂，有其自然逸趣。以刀直接鑿刻者，刀鋒畢露，挺勁銳利，雖多雄峻險勢，但不失筆意，在許多鈐印的遺跡中，尤其是在大量的印陶中，刀鑴者，顯得瘦勁古雅，勁道安詳，與同時的刻石、詔版、鏡銘等文字有異曲同工之妙。先鑄制後經刀鑴修整，多是鑄印後不甚滿意，乃再以刀工修整，其線條多古韻雄渾，其筆勢內勢拙強，顯得熟中有生，勁健挺拔。整體而言，秦印印風結體樸中有拙，舒展自然，反映出隨意、豪放、生動的藝術氣息。

秦系璽印的藝術價值極高，並以風格多樣、包容性大為其重要特色。它幾乎包含了從戰國古鉨到漢初印章這個衍變過程中所有的藝術創作手段，而且秦

系印章的風格特徵，愈接近民間則愈不規範，因而創作自由度愈大，愈見生動活潑，自在多情，而愈有天眞爛漫的藝術魅力。從藝術創作的繼承和借鑒的角度來看，秦系私印所蘊藏的藝術內涵，較之秦系官印更爲豐富多彩，從藝術欣賞的角度來看，秦系私印較之秦系官印也更具魅力，更能讓人怦然心動。

先秦古璽印及秦印形式在古代的印式中，是歷久不衰的經典範形式之一。深受明清及近現代印人的喜愛與青睞。其文字奇特，形體繁複，形制多樣，鈕式特異，章法多變，生動活潑，印面雖小卻大開大合，咫尺千里，甚是巧妙味趣。其文字情趣盎然，風姿卓越。印文排列給人以或自然天成，或精巧工麗，或天眞直率，或含蓄委婉，或粗狂恣肆的美感，因此在秦印風格的創作上，已是近代印人學習創作過程中，以古借鏡，作爲創作的參資借用相當重要且不可獲缺的一環。

參考書目

專書

1. 王輝 程華學 撰《秦文字集證》藝文印書館印行，台北 1999 年 1 月 1 版。

2. 陳昭容 著《秦系文字研究》中研院史語所出版，台北 2003 年 7 月 1 版。

3. 裘錫圭 著《文字學概要》萬卷樓圖書有限公司出版，台北 2004 年 9 月 7 版。

4. 湯餘惠 主編《戰國文字編》福建人民出版社，福建 2001 年 12 月 1 版。

5. 莊新興 編《戰國璽印分域編》上海書畫出版社，上海 2001 年 10 月 1 版。

6. 曹錦炎 著《古璽通論》上海書畫出版社，上海 1995 年 3 月 1 版。

7. 后曉榮 丁鵬勃 渭父 編《中國璽印真偽鑑別》安徽科學技術出版社，合肥 2001 年 1 月 1 版。

8. 孫慰祖 著《可齋論印新稿》上海辭書出版社，上海 2003 年 3 月 1 版。

9. 孫慰祖 著《可齋論印三集》上海辭書出版社，上海 2007 年 8 月 1 版。

10. 孫慰祖 著《中國古代封泥》上海人民出版社，上海 2002 年 12 月 1 版。

11. 饒宗頤 編 王暉著《秦出土文獻編年》新文豐出版公司，台北 2000 年 9 月 1 版。

12. 許雄志 編《秦印文字彙編》河南美術出版社，河南 2001 年 9 月 1 版。

13. 許雄志 編《古璽印菁華》河南美術出版社，河南 2006 年 7 月 1 版。

14. 祝遂之 著《中國篆刻通議》上海書店出版社，上海 2003 年 11 月 1 版。

15. 何琳儀 著《戰國古文字典》上、下 中華書局出版，北京 1998 月 9 月 1 版。

16. 王國維 著《觀堂集林》全四冊 中華書局出版，北京 1984 月 5 月 4 版。

17. 張錫瑛 著《中國古璽印》地質出版社，北京 1995 年 11 月 1 版。

18. 沙孟海 編著《沙孟海論書叢稿》上海書畫出版社，上海 987 年 3 月 1 版。

19. 湯兆基 著《篆刻欣賞常識》上海書畫出版社，上海 1995 年 11 月 2 版。

20. 湯兆基 編著《篆刻問答一百題》上海書畫出版社，上海 1999 年 11 月 2 版。

21. 韓天衡 編訂《歷代印學論文選》上、下 西冷印社出版，杭州 1999 年 8 月 1 版。

22. 黃惇 著《中國古代印論史》上海書畫出版社，上海 1997 年 4 月 2 版。

23. 朱劍心 著《金石學》台灣商務印書館，台北 1995 年 7 月 2 版。

24. 陳龍海 編著《名印解讀》牧村圖書有限公司，台北市 2000 年 9 月 1 版。

25. 林文彥 編著《印章藝術》屏東縣立文化中心，高雄 1998 年 5 月 1 版。

26. 劉江 著《玉石乾坤》書泉出版社，台北 1995 年 5 月 1 版。

27. 辛塵 著《歷代篆刻風格賞評》中國美術學院出版社，杭州 1999 年 4 月 1 版。

28. 那志良 著《鉨印通釋》台灣商務印書館發行，台北 1985 年 2 月 3 版。

29. 葉其峰 著《古璽印與古璽印鑑定》文物出版社，北京 1997 年 10 月 1 版。

30. 葉其峰 著《古璽印通論》紫禁城出版社，北京 2003 年 9 月 1 版。

31. 王人聰 葉其峰 著《秦漢魏晉南北朝官印研究》香港中文大學文物館，香港 1990 年 1 月 1 版。

32. 王人聰 游學華 編《中國歷代璽印藝術》浙江省博物館 香港中文大學文物館，香港 2000 年初版。

33. 王人聰 著《古璽印與古文字概論》香港中文大學文物館，2000 年初版。

34. 吳頤人 編《篆刻五十講》上海三聯書店，上海 2000 年 12 月 1 版。

35. 吳頤人 編《篆刻法》上海辭書出版社，上海 2003 年 3 月 1 版。

36. 陳根遠 陽冰 著《方寸之間見世界》四川教育出版社，四川 1998 年 7 月 1 版。

37. 趙平安 著《說文 小篆研究》廣西教育出版社，廣西 1999 年 8 月 1 版。

38. 錢君匋 葉路淵 合著《鉨印源流》北京出版社，北京 1998 年 4 月 1 版。

39. 許雄志 主編《秦代印風》重慶出版社，四川 1999 年 12 月 1 版。

40. 徐暢 主編《先秦印風》重慶出版社，四川 1999 年 12 月 1 版。

41. 莊新興 主編《漢晉南北朝印風》上 重慶出版社，四川 1999 年 12 月 1 版。

42. 莊新興主編《漢晉南北朝印風》中 重慶出版社，四川 1999 年 12 月 1 版。

43. 莊新興主編《漢晉南北朝印風》下 重慶出版社，四川 1999 年 12 月 1 版。

44. 葉一葦 著《中國篆刻史》西冷印社出版，杭州 2000 年 4 月 1 版。

45. 葉一葦 著《篆刻學》西冷印社出版，杭州 2003 年 8 月 1 版。

46. 葉一葦 著《篆刻叢誌》續集 西冷印社出版，杭州 1987 年 5 月 1 版。

47. 王北岳 著《篆刻藝術》漢光文化事業股份有限公司，台北 1993 年 3 月 13 版。

48. 羅福頤 編《古璽印概論》文物出版社，北京 1981 年 12 月 1 版。

49. 王伯敏 主編《中國美術通史》第一卷 山東教育出版社，深圳 1996 年 9 月 1 版。

50. 吳清輝 編著《中國篆刻學》西冷印社出版，杭州 1999 年 5 月 2 版。

51. 周曉陸、路東之 編著《秦封泥集》三秦出版社，西安 2000 年 5 月 1 版。

52. 馬承原《古文字研究第十五輯》中華書局出版，北京 1986 年 6 月 1 版。

53. 陳介祺《簠齋尺牘》進學書局景印發行，台北 1969 年 3 月 1 版。

54. 馮作民《中國印譜》藝術圖書公司，台北 1993 年 10 月 2 版。

55. 羅福頤 編《古璽文編》文物出版社，北京 1981 年 10 月 1 版。

56. 韓天衡 編《中國印學年表》上海書畫出版社，上海 1987 年 1 月 1 版。

57. 韓天衡 陳道義 著《點擊中國篆刻》上海人民美術出版社，上海 2006 年 8 月 1 版。

58. 馬宗霍 輯《書林藻鑑／書林記事》文物出版社，北京 1984 年 5 月 1 版。

59. 趙昌智 祝竹 著《中國篆刻史》上海人民出版社，上海 2006 年 12 月 1 版。

60. 劉江 著《中國印章藝術史》上、下 西泠印社出版社，杭州 2005 年 10 月 1 版。

61. 辛塵 著《歷代篆刻風格賞評》中國美術學院出版社，杭州 1999 年 4 月 1 版。

62. 王本興 著《印章邊欄分類》天津人民美術出版社，天津 2006 年 6 月 1 版。

63. 西林昭一 著《中國新發現的書跡》蕙風堂筆墨有限公司，台北 2003 年 10 月初版。

64. 西北大學《中華秦文化辭典》西北大學出版社，西北大學 2000 年 1 月 1 版。

65. 中華五千年文物集刊編輯委員會 編《中華五千年文物集刊璽印篇》中華五千年文物集刊編輯委員會，台北 1985 年 5 月 1 版。

66. 禮縣秦西垂文化研究會 禮縣博物館 編《秦西垂文化論集》文物出版社，北京 2005 年 4 月 1 版。

67. 臨時澳門市政局 編《珍秦齋藏印 秦印篇》澳門：澳門市政廳出版，2000 年 4 月初版。

68. 菅原石廬 編《鴨雄綠齋藏 中國古璽印精選》大阪書籍株式會社，大阪 2004 年 8 月 1 版。

69. 傅嘉儀 編《新出土秦代封泥印集》西泠印社出版，杭州 2002 年 10 月 1 版。

70. 孫慰祖、徐谷甫著《秦漢金文彙編》上海書店出版社，1997 年 4 月 1 版。

71. 文丙淳《先秦楚璽文字研究》2002 年國立台灣大學中國文學研究所博士論文。

72. 游國慶《故宮西周金文錄》故宮博物院，台北 2001 年 7 月。

73. 游國慶《千古金文話西周》故宮博物院，台北 2001 年 7 月。

期刊、論文

1. 王人聰〈考古發現所見秦私印略述〉《古璽印與古文字概論》香港：中文大學 2000 年。

2. 王人聰〈秦官印考述〉《古璽印與古文字概論》香港：中文大學，2000 年。

3. 許志雄〈關於秦印的一些問題〉《西泠印社國際印學研討會論文集》杭州：西泠印社，1999 年 7 月。

4. 葉其峰〈戰國官署璽——兼談古璽印的定義〉《中國古璽印學國際研討會論文集》香港：中文大學文物館，2000 年 3 月。

5. 吳榮曾〈對幾方秦漢印章的考述〉《中國古璽印學國際研討會論文集》香港：中文大學文物館，2000 年 3 月。

6. 吳振武〈陽文秦印輯錄〉《中國古璽印學國際研討會論文集》香港：中文大學文物館，2000 年 3 月。

7. 王輝〈秦印考釋三則〉《中國古璽印學國際研討會論文集》香港：中文大學文物館，2000 年 3 月。

8. 黃惇〈元明清文人篆刻藝術發展概論〉《中國璽印篆刻全集序》上海：上海書畫出版社，1999 年 11 月。

9. 劉江〈戰國各國私印初分〉《西冷印社國際印學研討會論文集》杭州：西冷印社，1999 年 7 月。

10. 張冬煜〈秦印與秦陶文〉《西北大學》西安：西北大學學報 1999 年 5 月第 29 卷第二期。

11. 童衍方〈中國璽印發展概述—秦漢印（一）〉《書與畫》上海：上海書畫出版社 1987 年 2 期。

12. 童衍方〈中國璽印發展概述—秦漢印（二）〉《書與畫》上海：上海書畫出版社 1987 年 3 期。

13. 王人聰〈論西漢田字格官印及其年代下限〉《故宮博物院院刊》北京：紫禁城出版社 1988 年 4 期。

14. 羅福頤〈羅福頤序〉《古璽彙編》北京：文物出版社 1981 年 12 月 P1～P8 頁。

15. 葉其峰〈秦漢南北朝官印鑑別方法初論〉《故宮博物院院刊》北京：紫禁城出版社 1989 年 3 期。

16. 李昭和〈青川初土木牘文字簡考〉《文物月刊》北京：文物出版社 1982 年 1 期。

17. 四川省博物館 青川縣文化館〈青川縣出土秦更修田律木牘——四川青川縣戰國墓發掘簡報〉《文物月刊》北京：文物出版社 1982 年 1 期。

18. 李學勤〈秦國文物的新認識〉《文物月刊》北京：文物出版社 1980 年第 9 期。

19. 楊滿倉〈陝西寶雞縣太公廟村發現秦公鐘、秦公鎛〉《文物月刊》北京：文物出版社 1978 年第 11 期。

20. 姜亮夫〈秦詛楚文考釋〉《楚辭學論文集》上海：上海古籍出版社 1984 年。

21. 孝感地區第二期亦工亦農文物考古訓練班《文物月刊》〈湖北雲夢睡虎地十一號秦墓發掘簡報〉北京：文物出版社 1976 年第 6 期。

22. 李朝遠〈上海博物館新獲秦公器研究〉《上海博物館集刊》第七期，頁 23～33：上海書畫出版社。

23. 趙平安〈秦西漢私印的幾個問題〉《紀念商承祚先生誕辰九十五周年論文》頁 75～79：湖南省額博物館文集。

24. 肖毅〈古璽所見楚系官府官名考略〉《江漢考古》2001 年第二期，頁 38～45。

25. 張明超〈論中國畫印章的藝術魅力〉《福建學刊》1994 年第五期，頁 64～49。

26. 白于藍〈古璽印文字考釋（四篇）〉《考古與文物》1999 年第三期，頁 85～86。

27. 李朝陽 馬先登〈咸陽市楊陵區出土的一批秦漢印章與考釋〉《文物春秋》1994
年第二十三期，頁50〜51。

28. 游國慶《珍秦齋古印展釋文補說》《中國文字》1994年新19期。

29. 《文物月刊》〈甘肅天水放馬灘戰國秦漢墓群的發掘〉北京：文物出版社1989年
第2期。

30. 湖北省文物考古研究所、孝感地區博物館、雲夢縣博物館《江漢考古》〈雲夢龍
崗秦漢墓地第一次發掘簡報〉武漢：江漢考古編輯部1990年第3期。

31. 林麗卿〈秦封泥地名研究〉國立台灣師範大學國文研究所碩士論文，2003年8
月。

32. 蕭春源〈秦私印綜述〉《孤山証印西泠印社國際印學峰會論文集》杭州西泠印社
出版，2005年10月。

33. 陳公柔著《先秦兩漢考古學論叢》，文物出版社，2005年5月一版。

34. 林進忠〈傳李斯刻石文字非秦篆書法實相──戰國秦漢篆隸書法演變的考察〉《藝
術學研究年報四期》台北1990年3月。

35. 林進忠〈漢簡識字書在文字與書法史上的重要意義──秦簡文字爲秦篆說〉《第
三屆金石書畫學術研討會論文集》國立高雄師範大學，1997年5月。

36. 裘錫圭〈淺談璽印文字的研究〉，《中國文物報》1989年1月20日。

37. 李學勤〈中國璽印的起源〉，《中國文物報》1992年7月26日。

38. 中國社會科學院考古研究所漢長安工作隊〈西安相家巷遺址秦封泥的發掘報
告〉，《考古學報》，2001年，第四期。

39. 〈陝西西安半坡戰國墓葬報告〉，《考古學報》，1957年，第三期。《考古》1956
年，第六期。

40. 吳白陶，《從出土秦簡帛書看秦漢早期隸書》，《文物》，1978年2期。

41. 童恩正〈我國西南地區青銅戈的研究〉，《考古學報》1979年4期。

42. 宋治民〈略論四川戰國秦墓的分期〉，《中國考古學會第一次會議論文集》，文物
出版社，1980年12月。

43. 秦都咸陽考古隊〈咸陽市黃家溝戰國墓發掘簡報〉，《考古與文物》，1982年，第
六期。

44. 葉其峯〈試談幾方秦代田字格印及有關問題〉，《考古與文物》，1982年6期。

45. 葉其峯：〈西漢官印叢考〉，《故宮博物院院刊》，1986年1期。

46. 〈湖北雲夢睡虎地十一號秦墓發掘簡報〉，《文物》1976年第6期，頁1〜10。

47. 〈青川縣出土秦更修田律木牘──四川青川縣戰國墓發掘簡報〉，《文物》1982
年第1期，頁1〜21。

48. 〈甘肅天水放馬灘戰國秦漢墓群的發掘〉，《文物》1989年第2期，頁1〜22。

49. 〈雲夢龍崗秦漢墓地第一次發掘簡報〉，《江漢考古》1990年第3期頁16〜27。

50. 林麗卿《秦封泥地名研究》2002年國立台灣師範大學國文研究所碩士論文。

51. 黃聖松《東周齊國文字研究》2002 年國立政治大學中國文學碩士班碩士論文。

52. 徐筱婷《秦系文字構形研究》2001 年國立彰化師範大學國文研究所碩士論文。

53. 闕曉瑩《古璽彙編考釋》2000 年國立台灣師範大學國文研究所碩士論文。

54. 文炳淳《先秦楚璽文字研究》2002 年國立台灣師範大學中國文學博士論文。

55. 陳溫菊《先秦三晉文化研究》2000 年國立中正大學中國文學博士論文。

56. 陳嘉凌《楚系簡帛字根研究》2002 年國立台灣師範大學國文研究所碩士論文。

57. 林素清《先秦古璽文字研究》，1974 年國立台灣大學中國文學研究所碩士論文。

58. 鍾雅倫《先秦古璽與西方印章比較研究》，1985 年國立台灣大學考古人類研究所碩士論文。

59. 施拓全《秦代金石及其書法研究》，1991 年國立高雄師範大學國文研究所碩士論文。

60. 李知君《戰國璽印文字研究》，1999 年國立高雄師範大學國文學系碩士論文。

61. 杜忠誥《說文篆文訛形研究》，2000 年國立台灣師範大學國文研究所博士論文。

62. 吳濟仲《晚清金文學研究》，2000 年國立台灣師範大學國文研究所博士論文。

63. 蘇建洲《戰國燕系文字研究》，2000 年國立台灣師範大學國文研究所碩士論文。

64. 文丙淳《先秦楚璽文字研究》2002 年國立台灣大學中國文學研究所博士論文。

65. 游國慶《戰國古璽文字研究》1991 年國立中央大學中國文學研究所碩士論文。

66. 游國慶《台北故宮博物院現藏銅器著錄與西周有銘銅器考辨》2004 年輔仁大學中國文學研究所博士論文。

印譜、圖錄

1. 《古璽彙編》北京：文物出版社，1981 年 12 月 1 版。

2. 《珍秦齋古印展》澳門：澳門市政廳出版，1993 年 3 月 1 版。

3. 《秦漢印典》上海：上海書畫出版社 1997 年 6 月 1 版。

4. 《中國閒章藝術集錦》上海：上海古籍出版社 1992 年 6 月 1 版。

5. 《西冷八家印選》上海：上海古籍出版社 1991 年 12 月 1 版。

6. 《秦代印風》重慶出版社，四川 1999 年 12 月 1 版。

7. 《先秦印風》重慶出版社，四川 1999 年 12 月 1 版。

8. 《漢晉南北朝印風》上 重慶出版社，四川 1999 年 12 月 1 版。

9. 《漢晉南北朝印風》下 重慶出版社，四川 1999 年 12 月 1 版。

10. 《趙之謙印風（附胡钁）》重慶出版社，四川 1999 年 12 月 1 版。

11. 《趙叔孺王福庵流派印風》重慶出版社，四川 1999 年 12 月 1 版。

12. 《黃牧甫流派印風》重慶出版社，四川 1999 年 12 月 1 版。

13. 《甘氏集古印正》西冷印社出版，杭州 2000 年 8 月 1 版。

14. 《漢銅印原》西冷印社出版，杭州 1996 年 10 月 1 版。

15. 《古璽印精品選 私璽印》北京工藝美術出版，北京 2001 年 1 月版。

16. 《古璽印精品選 多面印和套印》北京工藝美術出版，北京 2001 年 1 月 1 版。

17. 《古璽印精品選 吉語璽印》北京工藝美術出版，北京 2001 年 1 月 1 版。

18. 《古璽印精品選 私印》北京工藝美術出版，北京 2001 年 1 月 1 版。

19. 《古璽印精品選 單字璽》北京工藝美術出版，北京 2001 年 1 月 1 版。

20. 《古璽印精品選 官璽印（一）》北京工藝美術出版，北京 2001 年 1 月 1 版。

21. 《古璽印精品選 官璽印（二）》北京工藝美術出版，北京 2001 年 1 月 1 版。

22. 《古璽印精品選 封泥》北京工藝美術出版，北京 2001 年 1 月 1 版。

23. 《來楚生印集》北京工藝美術出版，北京 2001 年 1 月 1 版。

24. 《吳昌碩印集》北京工藝美術出版，北京 2001 年 1 月 1 版。

25. 《趙之謙印集》北京工藝美術出版，北京 2001 年 1 月 1 版。

26. 《趙之琛印集》北京工藝美術出版，北京 2001 年 1 月 1 版。

27. 《吳昌碩印集》北京工藝美術出版，北京 1998 年 5 月 1 版。

28. 《黃牧甫印集》北京工藝美術出版，北京 1998 年 5 月 1 版。

29. 《來楚生印集》北京工藝美術出版，北京 1998 年 5 月 1 版。

30. 《吳昌碩印集》楊柳青畫社編輯出版，天津 1989 年 5 月手拓。

31. 《石鐘山房印舉》北京中國書店，北京 1994 年 6 月 3 版。

32. 《商周青銅器銘文選二》文物出版社，北京 1987 年 9 月 1 版。

33. 《商周青銅器銘文選四》文物出版社，北京 1987 年 9 月 1 版。

34. 《古璽印菁華》河南美術出版社，河南 2006 年 7 月 1 版。

35. 《秦封泥集》三秦出版社，西安 2000 年 5 月 1 版。

36. 《中日篆刻家作品聯展》春海棠美術館，台北 1988 年 4 月。

37. 《梁乃予篆刻紀念集》台南縣文化局，台北 2001 年 12 月初版。

38. 《王北岳自用印選》崑崗印書館，台北 1993 年 12 月初版。

39. 《吳平堪白印輯》蕙風堂筆墨有限公司，台北 2004 年初版。

40. 《新出相家巷勤封泥》藝文書院，日本京都 2004 年 12 月 1 版。

41. 《中國歷代印章館》上海博物館。

42. 《中國書法全集 92 先秦璽印》榮寶齋出版社，北京 2003 年 2 月 1 版。

43. 《中國璽印篆刻全集第一卷璽印》（上）錦繡出版社，台北 1999 年 12 月 1 版。

44. 《中國璽印篆刻全集第二卷璽印》（下）錦繡出版社，台北 1999 年 12 月 1 版。

45. 《中國璽印篆刻全集第三卷篆刻》（上）錦繡出版社，台北 1999 年 12 月 1 版。

46. 《中國璽印篆刻全集第四卷篆刻》（上）錦繡出版社，台北 1999 年 12 月 1 版。

工具書

1. 《中國美術辭典》雄獅美術出版社，台北 1989 年 9 月。

2. 《中國印學年鑑》西泠印社出版社，杭州 1993 年 6 月。

3. 《中國篆刻大辭典》河南美術出版社，河南 2001 年 3 月 2 版。

4. 《中國印學年鑑 1988-1992》西泠印社，杭州 1993 年 6 月。

5. 《篆刻學》鄧散木 著。

6. 《漢書・百官公卿表》班固。

7. 《漢官儀》衛宏。

8. 《漢舊儀》衛宏。

9. 《漢官舊儀補遺》紀昀。

10. 《三輔黃圖校正》陳直。

附錄 秦系璽印文字內容相關文獻資料表

秦印（含封泥）	釋　文	印文內容相關文獻史料	備　註
	王兵戎器	・現藏天津市藝術博物館 ・《中國書法全集 92—篆刻—先秦璽印》 　著錄	
	咸郿里驕	・《古陶》、《古陶文彙編》5.59 著錄	
	咸園□相	・現藏上海市博物館 ・《上海博物館藏印》6 頁著錄	
	四川輕車	・日人菅原石盧鴨雄綠齋藏 ・《中國古璽印精選》頁 17 著錄	
	㾃郎廚丞	・現藏故宮博物院 ・《故宮博物院藏古璽印選》223 號著錄	

	琅鹽左丞	・現藏上海市博物館 ・《秦漢南北朝官印徵存》52 號著錄 ・《上海博物館藏印》29 號著錄	
	白水弋丞	・《秦漢南北朝官印徵存》47 號著錄	
	樂陰右尉	・現藏故宮博物院 ・《故宮博物院藏古璽印選》232 號著錄	
	高陵右尉	・現藏陝西省博物館 ・《秦漢南北朝官印徵存》39 號著錄	
	法丘左尉	・現藏故宮博物院 ・《故宮博物院藏古璽印選》230 號著錄 ・《秦漢南北朝官印徵存》36 號著錄	
	原都左尉	・《秦漢南北朝官印徵存》38 號著錄 ・《中國書法全集 92—篆刻—先秦璽印》 740 號著錄	
	利陽右尉	・河南許雄志藏 ・《鑒印山房藏—古璽印精華》77 號著錄	
	杜陽左尉	・現藏故宮博物院 ・《秦漢南北朝官印徵存》35 號著錄	
	南宮尙浴	・現藏故宮博物院 ・《秦漢南北朝官印徵存》9 號著錄 ・《中國書法全集 92—篆刻—先秦璽印》 678 號著錄	

	中司馬印	・《秦漢南北朝官印徵存》56 號著錄	
	昌武君印	・現藏故宮博物院 ・《秦漢南北朝官印徵存》1 號著錄 ・《中國書法全集 92—篆刻—先秦璽印》 　661 號著錄	
	宜陽津印	・現藏上海博物館 ・《上海博物館中國歷代印章館》頁 10 著 　錄	
	脩武庫印	・現藏故宮博物院 ・《故宮博物院藏古璽印選》233 號著錄 ・《秦漢南北朝官印徵存》42 號著錄	
	安民正印	・現藏故宮博物院 ・《秦漢南北朝官印徵存》16 號著錄	
	官田臣印	・現藏故宮博物院 ・《秦漢南北朝官印徵存》14 號著錄	
	代馬丞印	・現藏故宮博物院 ・《故宮博物院藏古璽印選》227 號著錄	
	字丞之印	・《秦漢南北朝官印徵存》55 號著錄	
	彭城丞印	・《秦漢南北朝官印徵存》53 號著錄	

印	釋文	著錄	
	邦司馬印	・現藏浙江省博物館 ・《可齋論印新稿》頁 70 著錄	
	邦司馬印	・《秦漢南北朝官印徵存》57 號著錄	
	宜野鄉印	・吉林大學歷史系藏 ・《吉林大學藏古璽印選》131 號著錄	
	冀丞之印	・日人菅原石廬鴨雄綠齋藏 ・《中國古璽印精選》86 號著錄	
	襄陰丞印	・現藏香港中文大學文物館 ・《可齋論印新稿》頁 70 著錄	
	廣平君印	・現藏上海博物館 ・《可齋論印新稿》頁 68 著錄	
	弄狗廚印	・現藏鄭州市博物館 ・《秦漢南北朝官印徵存》11 號著錄 ・《鄭》著錄	
	長平鄉印	・現藏上海市博物館 ・《上海博物館藏印》30 頁著錄	
	雒丞之印	・《秦漢南北朝官印徵存》54 號著錄	

	工師之印	・現藏故宮博物院 ・《萬印樓藏印六十四卷》1 著錄 ・《秦代印風》19 頁著錄	
	左田之印	・《十鐘山房印舉》著錄 ・《中國書法全集 92—篆刻—先秦璽印》708 號著錄	
	北鄉之印	・現藏上海市博物館 ・《上海博物館藏印》30 頁著錄	
	傳舍之印	・《秦封泥集》403 頁著錄	
	左丞之印	・《陳簠齋手拓古印集四冊》29 頁錄著 ・《中國書法全集 92—篆刻—先秦璽印》764 號著錄	
	南池里印	・現藏上海市博物館 ・《上海博物館藏印》30 頁著錄	
	蜀邸倉印	・現藏天津市藝術博物館 ・《天津藝術博物館藏古璽印選》40 頁著錄	
	鈺栗將印	・現藏故宮博物院 ・《秦漢南北朝官印徵存》17 號著錄 ・《故宮博物院藏古璽印選》224 號著錄	
	右司空印	・現藏天津市藝術博物館 ・《天津藝術博物館藏古璽印選》40 頁著錄	

	右司空印	·《待時軒印存初集十八冊續集十五冊》著錄 ·《中國書法全集 92—篆刻—先秦璽印》672 號著錄	
	右司空印	·《秦漢南北朝官印徵存》18 號著錄 ·《中國書法全集 92—篆刻—先秦璽印》671 號著錄	
	章厩將馬	·現藏上海市博物館 ·《秦漢南北朝官印徵存》23 號著錄	
	左厩將馬	·現藏故宮博物院 ·《故宮博物院藏古璽印選》225 號 ·《秦漢南北朝官印徵存》25 號著錄	
	咸陽右鄉	·現藏山東省博物館 ·《秦漢南北朝官印徵存》43 號著錄	
	南海司空	·《中國璽印篆刻全集 1 璽印（上）》210 號著錄 ·《秦代印風》20 頁著錄 ·《秦漢南北朝官印徵存》20 號著錄	
	南鄉喪吏	·現藏上海市博物館 ·《秦漢南北朝官印徵存》64 號著錄 ·《上海博物館藏印》30 頁著錄	
	長夷涇橋	·現藏河南省博物館 ·《秦漢南北朝官印徵存》31 號著錄	
	芷陽少內	·現藏天津市藝術博物館 ·《秦漢南北朝官印徵存》4 號著錄	

	武柏私府	・澳門蕭春源藏 ・《珍秦齋古印展》5 號著錄	
	私府	・陝西黃龍縣圪臺鄉南窰村出土 ・現藏陝西省博物館 ・《中國文物報》1988 年 8 月 19 第二版 　著錄	
	敦浦	・現藏上海市博物館 ・《上海博物館藏印》32 頁著錄	
	留浦	・現藏故宮博物院 ・《故宮博物院藏古璽印選》235 號著錄	
	泰倉	・現藏上海市博物館 ・《上海博物館藏印》31 頁著錄	
	軍市	・現藏上海市博物館 ・《上海博物館藏印》著錄 ・《古璽彙編》5708 號著錄	
	都亭	・現藏故宮博物院 ・《秦漢南北朝官印徵存》395 號著錄	
	市亭	・現藏上海市博物館 ・《秦漢南北朝官印徵存》486 號著錄	
	市器	・《魏石經室古璽印景八冊》78 頁著錄	

	市印	・現藏天津市藝術博物館 ・《秦漢南北朝官印徵存》91 號著錄	
	寺工	・《陳簠齋手拓古印集四冊》41 頁著錄 ・《中國書法全集 92—篆刻—先秦璽印》 　著錄	
	漆工	・河南許雄志藏 ・《鑒印山房藏—古璽印精華》79 號著錄	
	邦印	・河南許雄志藏 ・《鑒印山房藏—古璽印精華》80 號著錄	
	邦侯	・現藏故宮博物院 ・《故宮博物院藏古璽印選》234 號著錄 ・《秦漢南北朝官印徵存》73 號著錄	
	邦侯	・現藏故宮博物院 ・《秦漢南北朝官印徵存》72 號著錄	
	都侯	・現藏故宮博物院 ・《秦漢南北朝官印徵存》74 號著錄	
	喪尉	・現藏上海市博物館 ・《上海博物館藏印》31 頁著錄	
	左尉	・現藏故宮博物院 ・《秦漢南北朝官印徵存》93 號著錄	

	菅里	・現藏故宮博物院 ・《故宮博物院藏古璽印選》318 號著錄	
	咸郦里駔	・《秦代印風》10 頁著錄	
	寺工之印	・西安市北郊相家巷出土封泥 ・現藏西安中國書法藝術博物館 ・《新出土秦代封泥印集》頁 50 著錄	
	寺工丞印	・西安市北郊相家巷出土封泥 ・現藏西安中國書法藝術博物館 ・《新出土秦代封泥印集》頁 51 著錄	
	左樂丞印	・西安市北郊相家巷出土封泥 ・現藏西安中國書法藝術博物館 ・《新出土秦代封泥印集》頁 7 著錄	
	恒山侯丞	・西安市北郊相家巷出土封泥 ・現藏西安中國書法藝術博物館 ・《新出土秦代封泥印集》頁 94 著錄	
	圻禁丞印	・西安市北郊相家巷出土封泥 ・現藏西安中國書法藝術博物館 ・《新出土秦代封泥印集》頁 61 著錄	
	左丞相印	・西安市北郊相家巷出土封泥 ・現藏西安中國書法藝術博物館 ・《新出土秦代封泥印集》頁 1 著錄	
	右丞相印	・西安市北郊相家巷出土封泥 ・現藏西安中國書法藝術博物館 ・《新出土秦代封泥印集》頁 1 著錄	

	御史之印	・西安市北郊相家巷出土封泥 ・現藏西安中國書法藝術博物館 ・《新出土秦代封泥印集》頁 172 錄著	
	內史之印	・西安市北郊相家巷出土封泥 ・現藏西安中國書法藝術博物館 ・《新出土秦代封泥印集》頁 4 著錄	
	泰醫丞印	・西安市北郊相家巷出土封泥 ・現藏西安中國書法藝術博物館 ・《新出土秦代封泥印集》頁 2 著錄	
	郎中丞印	・西安市北郊相家巷出土封泥 ・現藏西安中國書法藝術博物館 ・《新出土秦代封泥印集》頁 10 著錄	
	祝印	・西安市北郊相家巷出土封泥 ・現藏西安中國書法藝術博物館 ・《新出土秦代封泥印集》頁 2 著錄	
	廷尉之印	・西安市北郊相家巷出土封泥 ・現藏西安中國書法藝術博物館 ・《新出土秦代封泥印集》頁 21 著錄	
	衛士丞印	・收藏於古陶文明博物館 ・《秦封泥集》一.二.17 號著錄	
	公車司馬	・西安市北郊相家巷出土封泥 ・《秦封泥集》一.二.14 號著錄	
	公車司馬丞	・西安市北郊相家巷出土封泥 ・現藏西安中國書法藝術博物館 ・《新出土秦代封泥印集》頁 11 著錄	

	中尉之印	・西安市北郊相家巷出土封泥 ・現藏西安中國書法藝術博物館 ・《新出土秦代封泥印集》頁 83 著錄	
	武庫	・西安市北郊相家巷出土封泥 ・現藏西安中國書法藝術博物館 ・《新出土秦代封泥印集》頁 83 著錄	
	武庫丞印	・西安市北郊相家巷出土封泥 ・現藏西安中國書法藝術博物館 ・《新出土秦代封泥印集》頁 84 著錄	
	都船	・西安市北郊相家巷出土封泥 ・現藏西安中國書法藝術博物館 ・《新出土秦代封泥印集》頁 13 著錄	
	都船丞印	・西安市北郊相家巷出土封泥 ・現藏西安中國書法藝術博物館 ・《新出土秦代封泥印集》頁 14 著錄	
	彭城丞印	・西安市北郊相家巷出土封泥 ・現藏西安中國書法藝術博物館 ・《新出土秦代封泥印集》頁 142 錄著	
	任城丞印	・西安市北郊相家巷出土封泥 ・現藏西安中國書法藝術博物館 ・《新出土秦代封泥印集》頁 127 錄著	
	太原守印	・西安市北郊相家巷出土封泥 ・現藏西安中國書法藝術博物館 ・《新出土秦代封泥印集》頁 194 錄著	
	清河大守	・西安市北郊相家巷出土封泥 ・現藏西安中國書法藝術博物館 ・《新出土秦代封泥印集》頁 195 錄著	

	東郡司馬	·《秦封泥集》二.二.5 號著錄	
	南郡司空	·西安市北郊相家巷出土封泥 ·《秦封泥集》二.二.6 號著錄	
	郡左邸印	·西安市北郊相家巷出土封泥 ·現藏西安中國書法藝術博物館 ·《新出土秦代封泥印集》頁 22 著錄	
	郡右邸印	·西安市北郊相家巷出土封泥 ·現藏西安中國書法藝術博物館 ·《新出土秦代封泥印集》頁 23 著錄	
	咸陽亭丞	·收藏於古陶文明博物館 ·《秦封泥集》二.五.2 號著錄	
	咸陽亭印	·收藏於古陶文明博物館 ·《秦封泥集》二.五.1 號著錄	
	邔亭	·《秦封泥集》二.五.3 號著錄	
	咸陽丞印	·《秦封泥集》二.一.2 號著錄 30	
	咸陽丞印	·西安市北郊相家巷出土封泥 ·現藏西安中國書法藝術博物館 ·《新出土秦代封泥印集》頁 89 著錄	

	咸陽工室丞	・西安市北郊相家巷出土封泥 ・現藏西安中國書法藝術博物館 ・《新出土秦代封泥印集》頁 89 著錄	
	咸陽亭印	・西安市北郊相家巷出土封泥 ・現藏西安中國書法藝術博物館 ・《新出土秦代封泥印集》頁 88 著錄	
	咸陽亭丞	・西安市北郊相家巷出土封泥 ・現藏西安中國書法藝術博物館 ・《新出土秦代封泥印集》頁 88 著錄	
	西共丞印	・西安市北郊相家巷出土封泥 ・現藏西安中國書法藝術博物館 ・《新出土秦代封泥印集》頁 125 著錄	
	西鹽	・西安市北郊相家巷出土封泥 ・現藏西安中國書法藝術博物館 ・《新出土秦代封泥印集》頁 28 著錄	
	雝丞之印	・西安市北郊相家巷出土封泥 ・現藏西安中國書法藝術博物館 ・《新出土秦代封泥印集》頁 106 錄著	
	雝左樂鐘	・西安市北郊相家巷出土封泥 ・現藏西安中國書法藝術博物館 ・《新出土秦代封泥印集》頁 174 錄著	
	蜀左織官	・西安市北郊相家巷出土封泥 ・現藏西安中國書法藝術博物館 ・《新出土秦代封泥印集》頁 41 著錄	
	邯鄲之丞	・西安市北郊相家巷出土封泥 ・現藏西安中國書法藝術博物館 ・《新出土秦代封泥印集》頁 90 著錄	

	邯鄲造工	・西安市北郊相家巷出土封泥 ・現藏西安中國書法藝術博物館 ・《新出土秦代封泥印集》頁 91 著錄	
	參川尉印	・西安市北郊相家巷出土封泥 ・現藏西安中國書法藝術博物館 ・《新出土秦代封泥印集》頁 194 錄著	
	瑯邪侯印	・西安市北郊相家巷出土封泥 ・現藏西安中國書法藝術博物館 ・《新出土秦代封泥印集》頁 191 錄著	
	頻陽丞印	・西安市北郊相家巷出土封泥 ・現藏西安中國書法藝術博物館 ・《新出土秦代封泥印集》頁 94 著錄	
	下邽丞印	・西安市北郊相家巷出土封泥 ・現藏西安中國書法藝術博物館 ・《新出土秦代封泥印集》頁 96 著錄	
	藍田丞印	・西安市北郊相家巷出土封泥 ・現藏西安中國書法藝術博物館 ・《新出土秦代封泥印集》頁 98 著錄	
	鄧丞之印	・西安市北郊相家巷出土封泥 ・現藏西安中國書法藝術博物館 ・《新出土秦代封泥印集》頁 186 錄著	
	定陶丞印	・西安市北郊相家巷出土封泥 ・現藏西安中國書法藝術博物館 ・《新出土秦代封泥印集》頁 202 錄著	
	東安平丞	・西安市北郊相家巷出土封泥 ・現藏西安中國書法藝術博物館 ・《新出土秦代封泥印集》頁 216 錄著	

	上東陽鄉	・《秦封泥集》二.四.51 號著錄 4	
	西鄉之印	・《秦封泥集》二.四.9 號著錄 5	
	臺鄉	・《秦封泥集》二.四.27 號著錄 1	
	定鄉	・《秦封泥集》二.四.24 號著錄 1	
	泠賢	・1975 年湖北江陵鳳凰山 70 號墓出土 ・《文物》1978 年 2 期 50 頁著錄	
	泠賢	・1975 年湖北江陵鳳凰山 70 號墓出土 ・《文物》1978 年 2 期 50 頁著錄	
	中仁	・四川省博物館藏 ・《四川船棺葬發掘報告》著錄	
	中仁	・四川省博物館藏 ・《四川船棺葬發掘報告》著錄	
	彭祖	・1962 年咸陽長陵車站南 ・《考古》1974 年 1 期著錄	

	徒唯	・1962 年咸陽長陵車站南 ・《考古》1974 年 1 期著錄	
	中壹	・咸陽市黃家溝戰國墓葬 ・《考古與文物》1982 年 6 期著錄	
	蘇建	・咸陽市黃家溝戰國墓葬 ・《考古與文物》1982 年 6 期著錄	
	王夸	・咸陽市黃家溝戰國墓葬 ・《考古與文物》1982 年 6 期 11 頁著錄	
	敬事	・四川省博物館藏 ・《四川船棺葬發掘報告》著錄	
	萬歲	・四川省博物館藏 ・《四川船棺葬發掘報告》著錄	
	富貴	・四川省博物館藏 ・《四川船棺葬發掘報告》著錄	
	高	・四川省博物館藏 ・《四川船棺葬發掘報告》著錄	
	孝弟	・澳門蕭春源藏 ・《珍秦齋藏印——秦印篇》363 號著錄	

	敬事	·澳門蕭春源藏 ·《珍秦齋藏印——秦印篇》375 號著錄	
	思事	·澳門蕭春源藏 ·《珍秦齋藏印——秦印篇》368 號著錄	
	忠心治喜	·澳門蕭春源藏 ·《珍秦齋古印展》184 號著錄	
	賜璽	·澳門蕭春源藏 ·《珍秦齋古印展》188 號著錄	
	萬歲	·河南許雄志藏 ·《鑒印山房藏——古璽印精華》161 號	
	萬歲	·澳門蕭春源藏 ·《珍秦齋藏印——秦印篇》382 號著錄	
	平士	·澳門蕭春源藏 ·《珍秦齋藏印——秦印篇》262 號著錄	
	千	·澳門蕭春源藏 ·《珍秦齋藏印——秦印篇》264 號著錄	
	廷女	·澳門蕭春源藏 ·《珍秦齋古印展》150 號著錄	

	龍講	·澳門蕭春源藏 ·《珍秦齋藏印——秦印篇》75 號著錄	
	享臘	·澳門蕭春源藏 ·《珍秦齋古印展》47 號著錄	
	郝氏	·澳門蕭春源藏 ·《珍秦齋古印展》35 號著錄	
	公孫南	·日人菅原石廬鴨雄綠齋藏 ·《中國古璽印精選》頁 21 著錄	
	杜□臣	·澳門蕭春源藏 ·《珍秦齋古印展》77 號著錄	
	公宣	·澳門蕭春源藏 ·《珍秦齋古印展》38 號著錄	
	王央	·澳門蕭春源藏 ·《珍秦齋藏印——秦印篇》52 號著錄	
	江棄疾	·澳門蕭春源藏 ·《珍秦齋藏印——秦印篇》28 號著錄	
	王駔	·澳門蕭春源藏 ·《珍秦齋藏印——秦印篇》53 號著錄	

	姚鄭	・澳門蕭春源藏 ・《珍秦齋古印展》69 號著錄	
	賈安	・澳門蕭春源藏 ・《珍秦齋藏印——秦印篇》23 號著錄	
	歐昫閣	・澳門蕭春源藏 ・《珍秦齋藏印——秦印篇》284 號著錄	
	李清	・澳門蕭春源藏 ・《珍秦齋古印展》107 號著錄	
	楊柏	・澳門蕭春源藏 ・《珍秦齋古印展》134 號著錄	
	王大于	・澳門蕭春源藏 ・刊於珍秦齋藏印——秦印篇	
	公孫齮	・澳門蕭春源藏 ・《珍秦齋古印展》72 號著錄	
	王毋人	・澳門蕭春源藏 ・《珍秦齋古印展》76 著錄	
	段干義	・日人菅原石廬鴨雄綠齋藏 ・《中國古璽印精選》頁 22 著錄	

	徐馮	·澳門蕭春源藏 ·《珍秦齋古印展》136 號著錄	
	張去疢	·澳門蕭春源藏 ·《珍秦齋藏印——秦印篇》34 號著錄	
	秦湯	·澳門蕭春源藏 ·《珍秦齋古印展》36 著錄	
	全宣	·澳門蕭春源藏 ·《珍秦齋古印展》37 號著錄	
	莫	·澳門蕭春源藏 ·《珍秦齋古印展》164 號著錄	
	楊祿	·澳門蕭春源藏 ·《珍秦齋古印展》126 號著錄	
	張聲	·澳門蕭春源藏 ·《珍秦齋古印展》117 號著錄	
	韓賢	·澳門蕭春源藏 ·《珍秦齋古印展》119 號著錄	
	王它人	·澳門蕭春源藏 ·《珍秦齋古印展》39 號著錄	

	史公	・澳門蕭春源藏 ・《珍秦齋古印展》85 號著錄	
	范夫	・澳門蕭春源藏 ・《珍秦齋藏印——秦印篇》250 號著錄	
	上	・澳門蕭春源藏 ・《珍秦齋藏印——秦印篇》333 號著錄	
	楊距	・澳門蕭春源藏 ・《珍秦齋古印展》61 號著錄	
	班	・澳門蕭春源藏 ・《珍秦齋古印展》157 號著錄	
	虎形・虎字	・澳門蕭春源藏 ・《珍秦齋古印展》154 號著錄	
	杜秉	・澳門蕭春源藏 ・《珍秦齋古印展》20 號著錄	
	志從	・陝西西安半坡戰國 51 號墓葬 ・《考古學報》1957 年 3 期 85 頁著錄	
	趙旨	・澳門蕭春源藏 ・《珍秦齋古印展》號著錄	

	栖仁	·澳門蕭春源藏 ·《珍秦齋古印展》191 號著錄	
	郭鈞	·澳門蕭春源藏 ·《珍秦齋藏印——秦印篇》355 號著錄	
	王醜	·澳門蕭春源藏 ·《珍秦齋藏印——秦印篇》349 號著錄	
	李屠	·澳門蕭春源藏 ·《珍秦齋藏印——秦印篇》350 號著錄	
	者敖	·澳門蕭春源藏 ·《珍秦齋藏印——秦印篇》351 號著 錄	
	唐	·澳門蕭春源藏 ·《珍秦齋藏印——秦印篇》353 號著錄	
	齊	·澳門蕭春源藏 ·《珍秦齋藏印——秦印篇》352 號著錄	
	撟	·澳門蕭春源藏 ·《珍秦齋藏印——秦印篇》109 號著錄	
	王快	·澳門蕭春源藏 ·《珍秦齋藏印——秦印篇》354 號著錄	

	石驚	・日人菅原石廬鴨雄綠齋藏 ・《中國古璽印精選》頁 30 著錄	
	召等	・日人菅原石廬鴨雄綠齋藏 ・《中國古璽印精選》頁 30 著錄	
	原隱	・澳門蕭春源藏 ・《珍秦齋古印展》194 號著錄	
	郭等印	・澳門蕭春源藏 ・《珍秦齋藏印──秦印篇》348 號著錄	
	柳	・澳門蕭春源藏 ・《珍秦齋藏印──秦印篇》93 號著錄	
	相思	・澳門蕭春源藏 ・《珍秦齋藏印──秦印篇》386 號著錄	
	敬事相思	・澳門蕭春源藏 ・《珍秦齋藏印──秦印篇》358 號著錄	
	敬長慎官	・澳門蕭春源藏 ・《珍秦齋藏印──秦印篇》359 號著錄	
	毋治	・澳門蕭春源藏 ・《珍秦齋藏印──秦印篇》74 號著錄	

	馮雲吾	・澳門蕭春源藏 ・《珍秦齋藏印——秦印篇》121 號著錄	
	女不害	・湖南省博物館藏 ・《湖南省博物館藏古璽印集》87 號著錄	
	發弩	・現藏故宮博物院 ・《秦漢南北朝官印徵存》78 號著錄	
	任遇	・吉林大學歷史系藏 ・《吉林大學藏古璽印選》131 號著錄	
	鄭大夫（合文）	・《十鐘山房印舉》著錄	
	王欣	・澳門蕭春源藏 ・《珍秦齋古印展》84 號著錄	
	慶印	・澳門蕭春源藏 ・《珍秦齋藏印——秦印篇》90 號著錄	
	董□	・澳門蕭春源藏 ・《珍秦齋古印展》145 號著錄	
	智恆	・澳門蕭春源藏 ・《珍秦齋古印展》42 號著錄	

	舒	・澳門蕭春源藏 ・《珍秦齋古印展》161 號著錄	
	范欺	・澳門蕭春源藏 ・《珍秦齋古印展》80 號著錄	
	楊駕	・現藏上海博物館 ・《上海博物館中國歷代印章館》頁 10 著錄	
	王觭	・《善齋》4.24 著錄	
	王盆	・澳門蕭春源藏 ・《珍秦齋古印展》133 號著錄	
	趙衷	・陝西省漢中市城北楊家山三號墓出土 ・《文博》1985 年 5 期 10 頁著錄	
	和數	・澳門蕭春源藏 ・《珍秦齋藏印—　秦印篇》192 號著錄	
	楊贏	・現藏故宮博物院 ・《故宮博物院藏古璽印選》227 號	
	成奢	・日人菅原石廬鴨雄綠齋藏 ・《中國古璽印精選》頁 19 著錄	

	陽楙	・澳門蕭春源藏 ・《珍秦齋古印展》83 號著錄	
	姚鄭	・澳門蕭春源藏 ・《珍秦齋古印展》69 號著錄	
	張黑	・《戰國鈢印分域編》2870 號著錄	
	張利	・《戰國鈢印分域編》2871 號著錄 ・《中國歷代印風系列——秦代印風》頁166 著錄	
	張土	・《戰國鈢印分域編》2872 號著錄	
	連胣	・現藏上海博物館 ・《上海博物館藏印選》著錄 ・《簠齋古印集》著錄 ・《可齋論印新稿》頁 74 著錄	
	公孫遂	・《戰國鈢印分域編》2946 號著錄	
	王佗	・《戰國鈢印分域編》2850 號著錄	
	係	・《戰國鈢印分域編》2831 號著錄	

	郭異人	・《戰國鈢印分域編》2880 號著錄	
	趙御	・《戰國鈢印分域編》2900 號著錄	
	郭頭	・《戰國鈢印分域編》2879 號著錄	
	李昌	・《戰國鈢印分域編》2862 號著錄	
	王係	・《戰國鈢印分域編》2855 號著錄	
	趙相如印	・《戰國鈢印分域編》2901 號著錄	
	賈祿	・《戰國鈢印分域編》2925 號著錄	
	戎夜	・吉林大學歷史系藏 ・《吉林大學藏古璽印選》132 號著錄	
	公孫穀印	・現藏中國歷史博物館 ・《十鐘山房印舉》著錄 ・《簠齋藏玉印》著錄 ・《可齋論印新稿》頁 73 著錄	

	王猶私印	·河南許雄志藏 ·《鑒印山房藏——古璽印精華》125 號	
	王廖中壹	·河南許雄志藏 ·《鑒印山房藏——古璽印精華》164 號	
	韓窯	·《戰國鈢印分域編》2894 號著錄	
	馮士	·《戰國鈢印分域編》2931 號著錄	
	駘	·《戰國鈢印分域編》2837 號著錄	
	鄲易	·《戰國鈢印分域編》2938 號著錄	
	李禮印	·河南許雄志藏 ·《鑒印山房藏——古璽印精華》150 號	
	公耳異	·現藏故宮博物院 ·《故宮博物院藏古璽印選》434 號著錄	
	王鞅·臣鞅	·《故宮博物院藏古璽印選》418 號著錄	

	遺	・故宮博物院收藏 ・《戰國鈢印分域編》2949 號著錄	
	慎言敬愿	・《戰國鈢印分域編》2997 號著錄	
	相思得志	・羅福頤《古璽印概論》50 頁著錄	
	日敬毋治	・《戰國鈢印分域編》2968 號著錄	
	日敬毋治	・《戰國鈢印分域編》2970 號著錄	
	日敬毋治	・《戰國鈢印分域編》2969 號著錄	
	云子思士	・現藏故宮博物院 ・《故宮博物院藏古璽印選》214 號著錄	
	正行治士	・《戰國鈢印分域編》2978 號著錄	
	慎言敬原	・《伏廬璽印十一卷》著錄	

	戰過	·《中國歷代印風系列——秦代印風》 頁 211 著錄	
	張迟	·《中國歷代印風系列——秦代印風》 頁 173 著錄	
	湯女	·《中國歷代印風系列——秦代印風》 頁 49 著錄	
	下池登	·《中國歷代印風系列——秦代印風》 頁 219 著錄	
	王講	·《中國歷代印風系列——秦代印風》 頁 54 著錄	
	李萃	·《中國歷代印風系列——秦代印風》 頁 52 著錄	
	趙犢	·《中國歷代印風系列——秦代印風》 頁 51 著錄	
	張黔	·《中國歷代印風系列——秦代印風》 頁 171 著錄	
	姚廣	·《中國歷代印風系列——秦代印風》 頁 51 著錄	

	任說	·《中國歷代印風系列──秦代印風》 頁 204 著錄	
	黿女	·《中國歷代印風系列──秦代印風》 頁 208 著錄	
	中壹	·《中國歷代印風系列──秦代印風》 頁 245 著錄	
	趙衷	·《中國歷代印風系列──秦代印風》 頁 60 著錄	
	利紀	·《中國歷代印風系列──秦代印風》 頁 58 著錄	
	上官果	·《中國歷代印風系列──秦代印風》 頁 231 著錄	
	張啓方	·《中國歷代印風系列──秦代印風》 頁 163 著錄	
	子廚私印	·《中國歷代印風系列──秦代印風》 頁 160 著錄	
	奠祭尊印	·《中國歷代印風系列──秦代印風》 頁 163 著錄	

	史連	·《中國歷代印風系列——秦代印風》 頁 91 著錄	
	田媒	·《中國歷代印風系列——秦代印風》 頁 64 著錄	
	任宙	·《中國歷代印風系列——秦代印風》 頁 73 著錄	
	柏如	·《中國歷代印風系列——秦代印風》 頁 113 著錄	
	王窒	·《中國歷代印風系列——秦代印風》 頁 72 著錄	
	南盧	·《中國歷代印風系列——秦代印風》 頁 82 著錄	
	王戲	·《中國歷代印風系列——秦代印風》 頁 80 著錄	
	私印	·《中國歷代印風系列——秦代印風》 頁 123 著錄	
	趙勁	·《中國歷代印風系列——秦代印風》 頁 44 著錄	

	李唐	・《中國歷代印風系列——秦代印風》頁 79 著錄	
	胡長	・《中國歷代印風系列——秦代印風》頁 60 著錄	
	任黑	・《中國歷代印風系列——秦代印風》頁 67 著錄	
	（產見）何	・《中國歷代印風系列——秦代印風》頁 157 著錄	
	令狐皋	・《中國歷代印風系列——秦代印風》頁 78 著錄	
	楊屏	・《中國歷代印風系列——秦代印風》頁 78 著錄	
	張圉	・《中國歷代印風系列——秦代印風》頁 48 著錄	
	陳雍	・《中國歷代印風系列——秦代印風》頁 124 著錄	
	李池	・《中國歷代印風系列——秦代印風》頁 92 著錄	

	任醜夫	·《中國歷代印風系列——秦代印風》頁 89 著錄	
	宋譊之印	·《中國歷代印風系列——秦代印風》頁 47 著錄	
	楊遺	·《中國歷代印風系列——秦代印風》頁 133 著錄	
	李不識	·《中國歷代印風系列——秦代印風》頁 128 著錄	
	趙癸印	·《中國歷代印風系列——秦代印風》頁 135 著錄	
	上官越人	·《中國歷代印風系列——秦代印風》頁 135 著錄	
	田□	·《中國歷代印風系列——秦代印風》頁 130 著錄	
	上官宙	·《中國歷代印風系列——秦代印風》頁 127 著錄	
	茅熙	·《中國歷代印風系列——秦代印風》頁 125 著錄	

	上官董	·《中國歷代印風系列──秦代印風》 頁 85 著錄	
	張章	·《中國歷代印風系列──秦代印風》 頁 92 著錄	
	焦得	·《中國歷代印風系列──秦代印風》 頁 55 著錄	
	周澤	·《中國歷代印風系列──秦代印風》 頁 110 著錄	
	趙游	·《中國歷代印風系列──秦代印風》 頁 77 著錄	
	王中山	·《中國歷代印風系列──秦代印風》 頁 215 著錄	
	呂陰	·《中國歷代印風系列──秦代印風》 頁 161 著錄	
	宋嬰	·《中國歷代印風系列──秦代印風》 頁 128 著錄	
	徒得	·《中國歷代印風系列──秦代印風》 頁 125 著錄	

	乘馬邀印	·《中國歷代印風系列——秦代印風》頁 180 著錄	
	不識	·《中國歷代印風系列——秦代印風》頁 180 著錄	
	王誤	·《中國歷代印風系列——秦代印風》頁 193 著錄	
	李驁	·《中國歷代印風系列——秦代印風》頁 54 著錄	
	遂疢	·《中國歷代印風系列——秦代印風》頁 57 著錄	
	王嬰	·《中國歷代印風系列——秦代印風》頁 205 著錄	
	蘇產	·《中國歷代印風系列——秦代印風》頁 116 著錄	
	王虧	·澳門蕭春源藏 ·《珍秦齋藏印——秦印篇》50 號著錄	
	胡傷	·澳門蕭春源藏 ·《珍秦齋藏印——秦印篇》著錄	*

	桃目	・《古璽印精品選——私璽印》頁 7 著錄	
	日駔	・澳門蕭春源藏 ・《珍秦齋藏印——秦印篇》錄	*
	牛馬	・澳門蕭春源藏 ・《珍秦齋藏印——秦印篇》頁 23 著錄	
	王去疾	・澳門蕭春源藏 ・《珍秦齋藏印——秦印篇》頁 22 著錄	
	長呂	・澳門蕭春源藏 ・《珍秦齋藏印——秦印篇》頁 23 著錄	
	司馬□	・澳門蕭春源藏 ・《珍秦齋藏印——秦印篇》頁 21 著錄	
	慶□印	・澳門蕭春源藏 ・《珍秦齋藏印——秦印篇》頁 21 著錄	
	享佗	・澳門蕭春源藏 ・《珍秦齋藏印——秦印篇》頁 21 著錄	
	犢	・澳門蕭春源藏 ・《珍秦齋藏印——秦印篇》頁 21 著錄	

	積	·《中華五千年文物集刊璽印篇》著錄	
	淳于心	·澳門蕭春源藏 ·《珍秦齋藏印——秦印篇》頁 22 著錄	
	□□□□	·《中國書法全集 92—篆刻—先秦璽印》 號著錄	*
	相思得志	·《中國歷代印風系列——秦代印風》 頁 241 著錄	
	相教	·《中國歷代印風系列——秦代印風》 頁 242 著錄	
	相教	·《中國歷代印風系列——秦代印風》 頁 242 著錄	
	相念	·《中國歷代印風系列——秦代印風》 頁 242 著錄	
	忠仁忠士	·《中國歷代印風系列——秦代印風》 頁 243 著錄	
	中信	·《中國歷代印風系列——秦代印風》 頁 245 著錄	

	和眾	·《中國歷代印風系列——秦代印風》頁 238 著錄	
	和眾	·《中國歷代印風系列——秦代印風》頁 239 著錄	
	思言敬事	·《中國歷代印風系列——秦代印風》頁 242 著錄	
	宜士和眾	·《中國歷代印風系列——秦代印風》頁 251 著錄	
	鳥紋璽	·現藏故宮博物院 ·《故宮博物院藏肖形印選》42 號著錄	
	盤蛇璽	·現藏故宮博物院 ·《故宮博物院藏肖形印選》43 號著錄	

附件四　研究計畫時程

日期 / 工作項目		92年												93年						備註
		1月	2月	3月	4月	5月	6月	7月	8月	9月	10月	11月	12月	1月	2月	3月	4月	5月	6月	
初期資料收集與整合	期刊論文資料收集	■	■	■	■	■	■	■	■	■	■	■	■	■	■	■	■	■	■	
	印譜作品收集	■	■	■	■	■	■	■	■	■	■	■	■	■	■	■	■	■	■	
	相關著作收集	■	■	■	■	■	■	■	■	■	■	■	■	■	■	■	■	■	■	
	期刊論文及相關著作資料初期分析	■	■	■	■	■	■	■	■	■	■	■	■							
	印譜作品初期整理	■	■	■	■	■														
	初期資料文章歸納整合		■	■	■	■	■	■												
	論文大綱撰寫		■	■	■	■														
戰國古璽整合分析	歷代璽印研究資料分析			■	■	■	■	■	■	■	■	■	■							
	先秦古文字研究			■	■	■	■	■	■	■	■	■								
	戰國五系文字對照表製作			■	■	■	■	■	■											
	六國古璽與秦系璽印風格比較分析			■	■	■	■	■	■											

·213·

		5	10	20	25	30	35	40	45	50	60	65	70	75	80	85	90	95	100
	秦官制與郡縣地理資料分析整理				■	■	■	■											
	秦系私印與朱文印文本分析			■	■	■	■												
	綜合整理報告						■		■	■	■	■							
書作理論及創作資料分析	歷代璽印論著研究分析研究					■	■	■	■										
	相關碩博士論文參照整理					■	■	■	■										
	期刊論文及相關著作資料分析整理					■	■	■	■	■	■	■							
	明清篆刻家璽印創作資料研究								■	■	■	■	■						
	綜合整理報告								■	■	■	■	■	■	■	■			
理論與實踐應用之分析整理	古璽中的文字藝術特性分析								■	■	■	■							
	文獻理論資料探討						■	■	■	■	■	■	■						
	璽印創作處理手法分析						■	■	■	■	■	■	■						
	篆刻藝術理論針對性研究								■	■	■	■	■	■	■				
	綜合整理報告													■	■	■	■	■	
	論文撰寫進度【%】	5	10	20	25	30	35	40	45	50	60	65	70	75	80	85	90	95	100